Zaray Mulet Alonso

Caos en el Instituto

Las extraordinarias aventuras de Ainara

AF192279

© Zaray Mulet Alonso, 2022

ISBN: 9788411230315

Impresión y editorial: BoD – Books on Demand
info@bod.com.es - www.bod.com.es
Impreso en Alemania – Printed in Germany

Agradecimientos:

A todos esos lectores, que le dan esta oportunidad a una escritora novata. A la serie Valeria de Netflix, por volverme a animar a escribir. También a los escritores, que dedican su tiempo libre a visitar a los niños ingresados en los hospitales. Entreteniéndoles con las lecturas y valorando lo que hacen los grandes luchadores.

Concretamente en mi caso, era una de esas niñas en la planta de oncología de Vall d'Hebron, hace veinte años aproximadamente. También agradezco a mi ahijado Matias, diseñador gráfico, que me ha hecho una portada genial para el libro.

Y a todos los que al finalizar el libro, me dicen realmente su opinión. A todos vosotros. ¡Gracias!

Zaray Mulet Alonso

Capítulo 1

El Caos

Había una vez en un país muy lejano un príncipe…

No, esta no es la clásica historia, en que el príncipe se convierte en rana, o que la princesa se pincha y queda en un profundo sueño, que vive con siete enanos, tres cerdos y un lobo. Esta historia es completamente diferente. Comenzamos…

Esta historia trata de Ainara. Es una niña de quince años, nacida en el año 2006. Aunque está en la edad de la adolescencia, sigue siendo niña. No le gusta mucho estudiar, dice que quiere ser youtuber. Aunque por ahora, solamente hace tik toks. Le gusta mucho un chico de su clase, al que todos llaman Rubio.

Rubio es un chaval muy alto y guapo, buen estudiante y educado. Aunque algo golfo, supongo que a estas edades es normal ser un poco golfo. Solo piensa en amigos y fiestas.

La mejor amiga de Ainara, se llama Dafne. Va a la clase de al lado. Es una niña muy estudiosa y responsable. Ella cree que ser youtuber y abandonar los estudios, como está haciendo su amiga, no es muy buena opción. Le gusta un chico del curso superior, que se llama Dani.

Dani es un chico tranquilo, estudiante, sensato y responsable. Procura mantenerse alejado de los follones y evita las malas compañías. No conoce a Dafne, al no estar en el mismo curso no tienen ninguna relación.

Están todos en clase cuando inesperadamente empieza a sonar una alarma de emergencia, todos se sobresaltan, nadie sabe cual es el motivo por el que suena, ni que es lo que está sucediendo.

Los profesores organizan las colas, para así poder evacuar el centro escolar lo más rápido posible. Sin perder el control.

Una vez evacuado el centro. Cada profesor pasa lista a su grupo de alumnos. No está Ainara, ni Dafne, ni Rubio y tampoco Dani.

También se han dado cuenta que faltan dos alumnos más, del curso de Dani. Pero de otra clase, Zoe y Fran.

Ellos dos son pareja, poco estudiantes y normalmente siempre están creando líos. Los profesores, creen que se han escapado de la fila. Los vieron ponerse y ya no estaban.

A la media hora llegaron policías, bomberos y autobuses. Para evacuar urgente del lugar a todos los niños y profesores. Algo grave estaba pasando para llegar hasta ese punto. Visiblemente no había nada. ¿Dónde estaban los seis adolescentes que faltaban?

—El personal ya buscará a los seis menores que faltan. Hay que evacuar de inmediato la zona. Con organización y agilidad —dijo un policía.

Una vez evacuada la zona, la policía, bomberos y servicios de emergencia comenzaron a buscar a los seis menores. Por la zona exterior e interior del instituto. No había ni rastro de los chicos.

¿Qué había sucedido? Seguía sin verse nada a simple vista. La sirena ya no sonaba. Estaba todo en absoluto silencio.

Solo se escuchaba a los servicios de emergencia comunicarse entre sí.

Llegados a este punto retrocedemos en el tiempo. Nos ponemos en la piel de Ainara. ¿Por qué no la encontraron? ¿Qué sucedió con ella, cuando sonó la alarma de emergencia? ¿Llegó a ponerse en la fila, para evacuar?

La alarma empezó a sonar y Ainara no evacuó. Quería aprovechar el momento y subir un corto a Tik Tok.Y después hacer un reportaje para Youtube. Era su oportunidad, para empezar a ser youtuber.

Durante el caos se escondió en el lavabo y esperó. Todos evacuaban, mientras ella grababa la situación de incógnito. Tenía que saber cuál era realmente el motivo de la alarma. Tenía que ir a la fuente para conseguir más seguidores.

Se dirigió al final del pasillo. Había unas escaleras bastante oscuras y se encontró con Dafne y Dani arriba. Le extrañó mucho que estuvieran juntos. Nunca habían mantenido contacto más allá de verse.

Retrocedemos nuevamente. ¿Qué pasó para que Dafne y Dani estuvieran en contacto y juntos al final del pasillo?. Sonó la alarma y al salir de sus clases, los dos chocaron. Con tan mala suerte que Dafne cayó al suelo. Dani quiso ayudarla y disculparse. Fue cuando entre la oscuridad del pasillo vieron algo al inicio de las escaleras. Sin dudarlo se acercaron a mirar. ¿Qué era lo que estaba pasando? ¿Por qué había tanto alboroto y caos?

Cuando llegaron a la oscuridad de la escalera, se encontraron con Zoe y Fran. Como siempre, haciendo alguna de las suyas. Dani estaba convencido de que los dos habían sido los responsables del caos, generado por la alarma de emergencia. Como de tantas otras cosas. En ese instante apareció Rubio.

Dafne no daba crédito. ¿Qué hacía Rubio allí? ¿Que tenía que ver Rubio, con Zoe y Fran? ¿En qué lío se estaba metiendo? No paraba de pensar... Tenía que contarle lo que había visto a su mejor amiga, Ainara.

Fue entonces cuando volvieron a subir las escaleras y se reencontraron con Ainara. Dafne le explicó, con todo lujo de detalles, lo que había pasado a su mejor amiga.

Ainara no dudó ni un instante en ir a pedirle explicaciones a Rubio. ¿Qué estaba haciendo allí?, ¿Qué tramaban…? Mientras estaban discutiendo sobre qué era lo que hacía allí Rubio les interrumpieron.

—Venid, rápido chicas. Hay una puerta aquí abajo — dijo Dani.

Todos fueron en silencio hacia donde les decía Dani.

—Una puerta, no tiene sentido. Nunca ha habido nada debajo de estas escaleras. ¡Qué extraño! — dijo Ainara.

—Efectivamente, hay una puerta abierta. Pero si nunca la vimos ninguno de nosotros… Aquí abajo nunca hubo nada. ¿Zoe y Fran vosotros sabéis algo de esta puerta? — preguntó Dani.

—No, no la habíamos visto nunca. ¿Entramos? —preguntaron al unísono los dos extrañados.

Se miraron entre todos, confirmaron con la cabeza la entrada.

Ainara, no paraba de pensar que habría dentro de ese lugar. Iba con el móvil en la mano, preparado para seguir su reportaje. Cada vez estaba más convencida que su primer video de Youtube sería un éxito rotundo, sobre todo con esta situación.

Una vez cruzaron la puerta, se cerró de golpe con un ruido bastante fuerte.

—¿Qué ha sucedido? Ya no podemos retroceder. ¡Es imposible abrirla! —comentó Fran.

Estaba todo completamente a oscuras, solo se veía la luz del flash del móvil de Ainara grabando. Por suerte Fran y Zoe siempre llevaban un kit en sus mochilas para cuando hacían sus líos bien organizados.

6 Sacaron un par de linternas e investigaron el lugar.

Solo se ve un pasillo, completamente largo y sin fin. La puerta era imposible abrirla nuevamente. Estaba claro que por el mismo lugar no podían volver a salir.

Empezaron a organizarse para ir avanzando por el pasillo. Era bastante estrecho, aunque cabían de dos en dos.

Los primeros eran Ainara y Rubio, seguidos por Zoe y Fran y finalizando por Dani y Dafne.

Dani quería ir detrás de todo para tener controlados a Zoe y Fran. Seguía sin fiarse de ellos. También sentía culpa de haber tropezado con Dafne, no quería dejarla sola.

Rubio, iba de valiente al lado de Ainara. Quería salir en el reportaje como el más valiente. Aunque no creía que fuera a tener tantas visitas como estaba segura Ainara.

También se sentía en la obligación de proteger a Ainara, aunque ella es valiente y se vale por sí sola. Siempre va bien tener a alguien cerca en caso de necesidad.

Caminaron cinco minutos y el pasillo cada vez se volvía más bajo y estrecho. De esto último nadie se dio cuenta, hasta que llegaron al punto en el que ya no cabían de pie. ¡Qué situación más extraña!, pensaban todos. Pero retroceder era imposible.

En un determinado momento se tuvieron que poner de rodillas, para poder pasar en una fila única. No sabían si seguiría encogiendo el pasillo hasta el punto de no poder avanzar de ninguna manera.

Estaban deseando acabar ese tramo de pasillo, y que no siguiera encogiéndose más. La situación cada vez se ponía más fea.

A los tres minutos caminando de rodillas el pasillo, por suerte, volvió a su tamaño normal.

Se encontraron una bifurcación donde había dos opciones, a la izquierda o a la derecha. Fue cuando empezaron a discutir, cada uno decía una dirección, no se ponían de acuerdo de ninguna manera.

Ainara se acordó que en el móvil tenía una app de brújula. Entonces les propuso mirarla y haber donde indicaba el norte. Todos aceptaron. El móvil dijo que el norte era para la derecha. Fran y Zoe no estaban de acuerdo en seguir por allí, los demás sí que aceptaron.

Ainara les propuso a Fran y Zoe ir adelante abriendo camino. Sabía que iban a aceptar ya que les gustan las emociones fuertes a los dos. Dani no estaba muy de acuerdo. Pero también aceptó si él y Dafne iban en medio. Conformes todos, siguieron el camino. Esperaban que no se volviera a estrechar y encontrar pronto la salida.

Al minuto caminando, de dos en dos, resbalaron. Cayeron los seis por una fuerte pendiente, de más de cuatro metros. Fueron a parar a una zona más grande y con más claridad exterior. Ya no eran necesarias las linternas.

Desde donde estaban, se escuchaba el ruido del agua. Cada vez más perdidos. Pero era una de las pocas salidas posibles de allí. Lo importante era seguir todos juntos, sin separarse del grupo.

Siguieron caminando, avanzando juntos. Había suficiente espacio y claridad, era del tamaño como de un carril de coche, aproximadamente. Ya se veían las caras y las cosas que llevaban con la luz natural que entraba por algún lugar.

Caminaron hasta que se pararon. Algo inesperado vieron en el camino.

¿Que había allí, qué era eso? nadie se lo podía creer.

 Llegaron a la parte interior de una catarata, estaban dentro de una roca enorme.

—¿Pero, cómo hemos llegado hasta aquí? ¿Dónde estamos? — dijo Dafne.

—Pues no lo sé, pero es alucinante —le respondió Dani.

—¿Qué lugar es este? ¿Cómo que nunca hemos estado aquí? — se preguntaron Zoe y Fran.

—Ainara. ¿Dónde estamos? —murmuró Rubio.

Ainara se quedó pensativa, sacó el móvil y se puso a grabar.

—Hola, seguidores de mi canal. Después de horas caminando hasta de rodillas y a oscuras y habernos caído en picado cuatro metros, hemos encontrado la salida. ¡Mirad qué paisaje más increíble! ¡Yuju! — dijo Ainara.

Apagó el móvil, y se dirigió a sus compañeros de aventura:

—Bueno chicos, ya hemos salido al exterior. Ahora solo tenemos que traspasar la catarata. Así sabremos bien en qué lugar estamos. Pero sigo teniendo una duda. ¿La sirena del colegio por qué se activó? ¿Qué ocurría en el colegio? A ver si salimos de aquí y lo averiguamos. ¡En marcha!

Todos se quedaron mirando a Ainara. Parecía tan normal. ¿Pero en serio creía que sería tan fácil cruzar la catarata y saber dónde estaban, averiguar qué había sucedido en el cole?. Parecía una locura.

—A ver, a ver…Ainara vuelve a la realidad, deja el papel de youtuber — le dijo Dafne.

—A si, gracias Dafne, a veces confundo el papel con la realidad. Perdón, chicos —dijo Ainara.

—Bueno, ahora que estamos otra vez en la realidad. Vamos a investigar cómo podemos salir de esta cueva. Lo veo bastante complicado y pronto anochecerá —comentó Rubio.

—¡Chicos, he encontrado algo! —dijo Zoe.

Todos se giraron hacia allí. Era un camino bastante estrecho y comunicaba con el exterior. El problema era que tenía mucho barranco resbaladizo. Era muy difícil de traspasar y había un buen trozo de recorrido, hasta el otro lado.

—Vamos a mirar más opciones, por la zona. Sinó, no quedará de otra. Tendremos que salir por aquí —apuntó Dani.

—Después de casi una hora buscando, está anocheciendo. No hay más salidas posibles —le respondió Dafne.

—De noche es imposible cruzar. Tendremos que pasar aquí la noche —añadió Ainara.

Buscaron ramas secas e hicieron fuego a tierra para pasar la noche. Suerte que en el Kit de Fran también había un mechero. Se acurrucaron entre todos, para darse calor corporal. Había refrescado bastante, en el momento que se ocultaba el sol.

Se quedaron dormidos rápidamente. Después de tantas aventuras estaban agotados.

La salida cada vez la tenían más cerca, pero era bastante complicada.

Capítulo 2

Al exterior

Al amanecer, los primeros en despertar fueron Fran y Zoe. Habían recorrido bien la cueva por dentro, en busca de comida. Por suerte pudieron pescar algo, para recuperar fuerzas. Aprovechando que el fuego aún no sé había apagado prepararon el desayuno a sus compañeros. Cuando está preparando el desayuno les despiertan a gritos y palmas, como si se acabará el mundo. Estos dos siempre tenían alguna cosa planeada en la mente, si no pierden su esencia. Sus compañeros al ver que les habían preparado el desayuno, se les pasó rápido el susto. Cambiaron las broncas y enfados, por las risas. Les dieron las gracias a sus dos compañeros.

Ya una vez que habían repuesto fuerzas. Comenzaron a organizarse para la aventura. Tenían que pasar por el tramo de camino estrecho, con un barranco bastante resbaladizo.

—¡Tengo vértigo a las alturas! Prefiero seguir buscando otra opción, para salir de aquí — Confesó Ainara.

—Tranquila Ainara, yo y todos, estamos para ayudarte — Contestó Rubio.

Todos asintieron, era la única salida posible y no podían perder más tiempo para realizar el recorrido.

—Es menos de lo que parece. Nunca mires hacia abajo — Le dijo Zoe.

—Yo voy primero. — sugirió Dani.

—Perfecto, pues pasaremos en este orden: Dani, Dafne, Rubio, Fran, Ainara y yo. Así Ainara va más resguardada conmigo — Sugirió Zoe.

Rubio, no estaba de acuerdo. Quería estar cerca de Ainara para ayudarla. Sugirió cambiar el lugar con Fran. Todos aceptaron el cambio. Zoe sacó una cuerda larga de su kit, se engancharon todos a ella, uno a la cintura del otro formando una fila. Así, si alguno resbalaba, entre todos harían fuerza para subirle. Todos aceptaron y empezaron el camino estrecho y resbaladizo. Llevaban más de medio camino hecho y muy bien. Iban poco a poco hasta estar seguros de seguir avanzando.

La cuerda había sido muy buena opción. Así le habían dado más seguridad a Ainara para cruzar. Casi llegando al final del camino, Zoe y Rubio resbalaron a la vez.

Dani y Dafne cogieron fuertemente la cuerda para que no cayera Rubio. Estiraron fuertemente los dos a la vez y lo subieron rápidamente. Fran y Ainara sujetaron fuertemente la cuerda, para que no cayera Zoe.

Ainara de mirar hacia el barranco no podía controlar el vértigo, se encontraba débil y mareada. Se sentó en el suelo, estirando la cuerda muy fuerte para que Zoe no cayera. Mientras respiraba profundamente, para relajar el vértigo. Fran sujetaba bien la cuerda y relajaba a Ainara.

Le dijo que solo faltaba un último empujón más y la subían y que ya mismo llegan al final del camino.

Ainara dio un suspiro, se levantó, cogió aire. Empezó a contar en voz bastante alta, ¡uno, dos y tres! Estiraron los dos con fuerza y consiguieron subir a Zoe.

En dos minutos más de recorrido. Por fin llegaron al final del camino, ya estaban seguros. Habían superado el barranco resbaladizo, la catarata, los pasillos, la caída en picado, la alarma de emergencia…

—La alarma de emergencia ¿Qué fue lo que ocurrió? — Recuerda Ainara.

Ainara miro en Google si salía alguna información de lo que ocurrió en el instituto. Pero no había cobertura en la zona. Preguntó a sus amigos si alguno más tenía cobertura en el móvil. O si por casualidad en algún kit de Zoe o Fran tenían algún amplificador de señal.

Ninguno tiene cobertura para mirar en Google. Ninguno sabía dónde habían aparecido después de la catarata, tampoco funcionaba Google Maps y nunca habían estado en ese lugar.

Llegados a este punto, volvemos a tener dos opciones: o subimos montaña arriba en busca de cobertura o seguimos en llano en busca de una carretera.

—Esta es una zona preciosa. Pero no sabemos dónde estamos — Comenta Ainara mientras graba otra vez de nuevo imágenes para su reportaje de YouTube.

Después de más de media hora, para ponerse de acuerdo. La mayoría decidió ir montaña arriba, en busca de cobertura así podrían llamar a alguien y que fueran a buscarles.

—Empieza a anochecer, no hemos comido nada desde esta mañana.

¡Qué hambre tengo! — Dice Fran.

Justo antes de que anocheciera por completo, siguieron sin tener cobertura.

Se toparon con una casa de madera bastante grande en el bosque. Llamaron a la puerta, pero nadie respondió. Insistieron otra vez y al final Zoe abrió la puerta sin permiso con su kit.

Se adentraron a la casa. Era muy bonita y acogedora. Tenía chimenea, tres camas dobles, lavabo con bañera de hidromasaje y ducha. Una cocina y una despensa llena de comida era increíble, parecía un sueño.

Lo primero que hicieron, fue buscar en la despensa. Para ver que podían cenar, tenían mucha hambre. Encontraron pasta y tomate. Se hicieron unos espaguetis simples. Parecían los más buenos que habíamos comido nunca.

Encendieron la chimenea, se pegaron un baño de espuma de pocos minutos. No se fiaban de alargarlo y que no llegase el agua caliente para todos. Estuvieron un rato contando lo emocionante que había sido el día y sorteando las camas.

Les tocó dormir a Dafne y Zoe juntas, Fran y Dani juntos y por descarte a Ainara y Rubio. En ese momento incómodo hubiese sido guay otra cama para dormir aparte Ainara y Rubio. Pero bueno lo importante era tener donde dormir sin pasar frío.

Por la mañana, ya buscarían cobertura para volver a la normalidad y a sus hogares.

Por suerte en la habitación de Zoe y Dafne encontraron cargadores para los móviles, había de todos los tipos. Pudieron hacer turnos para cargar todos los teléfonos móviles.

A la mañana siguiente, todos tardaron en despertar. Estaban muy a gusto recuperando fuerzas en esas camas. Sin pasar frío y anchos. Con la chimenea encendida dándoles calor.

La primera en despertar fue Ainara, preparó su móvil y empezó a grabar, mientras se dirigía a despertar a Rubio.

—Rubio ¡saluda a mis fans! Seguidores, Rubio es el Chico más guapo del instituto y va a mi clase… — dijo Ainara mientras grababa.

Rubio despertó, con cara de asombro y bastante avergonzado del comentario de Ainara a sus fans. Todo parecía un sueño. ¿Qué hacían allí que había pasado?

—Vuelve a la realidad Ainara, vamos a despertar al resto. Averigüemos qué está pasando y volvamos a casa. Por cierto, gracias por el piropo. Así que soy el chico más guapo del colegio — dijo Rubio.

Ainara se moría de vergüenza, se había metido demasiado en el papel y sin querer le dijo a Rubio que le gustaba.

—Chicos despertad ¿Habéis mirado las redes sociales o Google? ¿Sabemos que ha pasado ya en el instituto? — preguntó Rubio.

Nadie había buscado aún información. Todos cogieron el móvil y empezaron a buscar. En las redes sociales no había ninguna actualización, desde antes de que pasará lo del instituto. Ninguno de sus compañeros había publicado nada nuevo. Era verdaderamente extraño.

Decidieron empezar a buscar en Google, tampoco salía nada con fecha posterior al día antes del suceso.

Dani se dio cuenta que no funcionaban los datos del móvil, todos lo comprobaron y efectivamente a nadie le funcionaban los datos móviles.

—Seguimos sin información ninguna, y seguimos sin saber dónde estamos. La mejor opción es rebuscar la casa, a ver si encontramos algo de información en ella. Algún mapa o algo por el estilo — dijo Dani.

Todos asintieron e hicieron dos grupos: las chicas, habitaciones y despensa y los chicos, el resto de la casa. Pusieron la casa patas arriba, solo se escuchaban ruidos mientras rebuscaban, seguramente de ellos mismos investigando por toda la casa.

Al cabo de dos horas, hicieron una pausa para comer. Aunque ya era la hora de la cena y estaba anocheciendo de nuevo.

Ninguno de los seis se percató de que hora era.

Volvieron a reiniciar la búsqueda. No tenían intención de pasar allí otra noche más. Aunque la casa estaba muy bien, en medio de la naturaleza. No era esa la idea, como en casa en ningún sitio.

A la media hora, Ainara llamó la atención de sus compañeros. Había encontrado algo debajo de la alfombra de una habitación y no conseguía abrirlo de ninguna manera.

—¡Chicos! ¡Venid! he encontrado algo. Aquí abajo hay algo — dijo Ainara.

Todos fueron rápido había una pequeña puerta en el suelo cerrada con llave, escondida bajo la alfombra, era realmente asombroso y extraño.

Fran con su kit y la ayuda de Zoe intentaron abrir la puerta, pero era bastante complicado, pero era un reto que no se les iba a resistir.

—Rubio, mira a ver si encuentras algo que nos pueda servir dentro de la casa. — dijo Fran.

Al rato, Rubio traía algo para hacer palanca e intentar abrirla. Pero ya no era necesario. Zoe y Fran con maña habían conseguido abrirla. Buscaron linternas, para iluminar y mirar qué era lo que había allí abajo. Estaba muy oscuro y no se veía absolutamente nada.

Rubio bajó, para mirar bien desde abajo. Desde arriba apenas se podía ver algo y llamó a todos. Había encontrado algo completamente fuera de lo normal, nunca lo habían visto en el pueblo. Solo habían escuchado hablar de ello, en libros de historia y poco más.

Todos bajaron sin perder el tiempo.

¿Que había ahí abajo tan asombroso y extraño?

Nadie de los seis chicos, se podía creer lo que estaban viendo allí abajo.

Era realmente alucinante.

Capítulo 3

El bunker

—¿Pero, qué es eso? ¿Qué hace un bunker aquí abajo? ¿Cómo se abre? No podemos irnos de esta casa sin saber por qué está aquí abajo — dijo Dani.

Todos asintieron. Por más que investigaron el búnker no sabían cómo abrir el sistema. La apertura era tipo tarjeta o huella dactilar.

Iba a ser bastante complicado acceder, pero no se iban a ir de allí sin antes abrirlo.

—Ya es muy tarde, hemos encontrado un búnker. No somos capaces de abrirlo. Ahora vamos a comer algo, descansar y mañana lo veremos más claro. Tenemos que abrirlo, cueste lo que cueste y enseñar a todos mis seguidores, que es lo que hay aquí dentro… — dijo Ainara con el móvil grabando.

Todos asintieron, cenaron y se fueron a descansar. Cada día estaban más extrañados de todo lo que estaba sucediendo. Cada vez era más increíble y menos normal.

Al día siguiente la primera en despertar fue Ainara y fue directamente al búnker. Tenía que encontrar la manera de abrirlo y si había alguien dentro. Al rato despertó Dafne, al ver luz en la zona del bunker bajó directamente y se encontró a su amiga.

—Tenemos que abrirlo — dijeron al unísono.

Despertaron a todos y organizaron una reunión de emergencia, en el comedor. Mientras iban a desayunar en media hora. Así a todos les daría tiempo de lavarse la cara y vestirse.

Todos sentados en la Mesa, a la espera de que era lo que era lo que tenían que hablar en la reunión. Ainara mandó callar a todos y prestar atención a Dafne.

—Esta mañana, al volver al búnker me acordé. Ayer cuando revisamos la casa en busca de un mapa o similar, vi una tarjeta. He ido a comprobarlo y sí, aquí está.

Me extrañó, porque es una tarjeta bastante extraña. En aquel momento, no le di mayor importancia. Pero ahora creo que sí la tiene.

Tendríamos que ir a probar, si es la clave para abrir el bunker. Si por casualidad hubiera alguien dentro, podría explicarnos algo más — dijo Dafne.

—¿Qué os parece chicos? Increíble verdad. En cuanto acabemos de desayunar, bajamos a ver si el búnker se abre. Así tendremos más información al respecto —dijo Ainara.

A los cinco minutos, ya estaban todos abajo delante del bunker. Con la tarjeta en la mano. Nadie podía desayunar tranquilo, con esa intriga. Querían abrirlo cuanto antes y averiguar qué escondía. Seguramente, les aclararía muchas de las dudas.

Dejamos que Ainara introduzca la tarjeta.

—Mientras yo le grabo para tu reportaje. ¿Os parece bien a todos? — dijo Rubio.

Todos asintieron.

Dafne le dio la tarjeta a Ainara y todos se hicieron a un lado. Rubio ocupaba el lugar central, para coger mejor plano con la cámara del móvil y comenzó a grabar.

—Todo listo Ainara. Grabando — dijo Rubio.

Todos estaban en silencio y bastante nerviosos. ¿La tarjeta abriría la puerta del bunker? ¿Y si es mejor que permanezca cerrada?

Ainara introdujo la tarjeta, pero no sucedió absolutamente nada.

Pasado un minuto empezó a abrirse la puerta del búnker hacia arriba. Parecía que estaban en una peli, era increíble.

Con la puerta del bunker abierta, estaban más cerca de resolver el misterio. ¿Habrá información de algo que les sirva para situarse y poder regresar a sus casas?

Ainara entró primero. Rubio detrás, para grabarlo bien todo. Detrás de Rubio ya iban todos los demás. El bunker era muy completo, tenía todos los servicios básicos que podía necesitar una persona y algún extra más. Estaba bastante desordenado.

De repente, la puerta del bunker se cerró con todos dentro. Ya se imaginaban lo peor, encerrados allí, sin poder salir.

No querían estar encerrados de nuevo. Eso seguro y menos los seis, no había tanto espacio en el interior. Parecía imposible de abrir.

Mientras estaban tratando de abrir nuevamente la puerta vieron a alguien de espaldas. Salía del lavabo con una toalla enrollada, nadie podía creer lo que estaban viendo. ¿Cuánto tiempo llevaría allí esa persona, quien era?

Al girarse y verle el rostro, Ainara se quedó sin palabras. Una situación increíble, era imposible que fuera cierta.

—Chicos es Alice mi prima de la ciudad — dijo tartamudeando Ainara.

Se dieron un gran abrazo las dos primas. Parecía increíble reencontrarse en esta situación y más después de cuatro años sin verse.

Alice es tres años mayor que Ainara y viven a cien kilómetros de distancia.

Los demás, sólo querían explicaciones. ¿Cómo podía ser que Alice, la prima de Ainara, estuviera encerrada en un búnker?

¿Y la puerta del búnker cerrada, se podría volver a abrir? ¿O no podrían volver a salir de allí?

—Chicos sentaros, os resolveré todas las dudas que pueda. Y estad tranquilos, sí que podemos volver a abrir la puerta del búnker desde dentro sin problema.

—¿Queréis un refresco? — dijo Alice.

—Hola, mis fieles seguidores. Acabo de reencontrarme con mi prima después de cuatro años sin vernos. Aparece dentro de su búnker es alucinante ¿Prima, tienes algo que decir a mis seguidores? Explícanos cómo has venido a parar dentro de este búnker ¿Cuánto tiempo llevas aquí? — dijo Ainara mientras grababa.

—Ainara deja de grabar. Después si quieres hacemos el papel, pero ahora mismo no es el momento idóneo — dijo Alice

Ainara apagó el teléfono móvil y Alice empezó a contar su historia.

—Hace unos meses... Mi padre es astrónomo. Y vio que algo extraño iba a suceder. No se sabía la fecha exacta, pero sí aproximada. Entonces me obligó a trasladarme aquí durante este tiempo. Para ser exactos llevo 2 meses y 3 días aquí encerrada. Esperando a que me diga que ya puedo salir tranquilamente de aquí. Me dejó todo lo necesario para poder sobrevivir un año, sin necesidad de salir del búnker en ese tiempo — dijo Alice

—¿En serio? Parece irreal — comentó Dafne.

—Sí, la verdad es que sí. Es bastante extraño todo — replicó Dani

—¿Mi tío, se ha vuelto a poner en contacto contigo últimamente? ¿No sabes que tenía que suceder exactamente? ¿No te dio, ni te dejo más información? — preguntó Ainara.

—Hace tres días, me llegó el último correo. Mediante una máquina que instaló él aquí. Me dijo que era la única manera segura con la que nos podíamos comunicar. También me dijo que había llegado el día del extraño suceso.

Que si no me volvía a escribir, no saliera del búnker hasta que se me acabarán los suministros. Y ya no volvió a decirme nada más, ninguna noticia del exterior. Hasta ahora que habéis llegado vosotros aquí. ¿Ahora explicarme cómo habéis llegado hasta aquí? ¿Qué ha sucedido en el exterior? — dijo Alice.

—Pues hace 3 días, sucedió algo bastante extraño en el colegio — dijo Dafne.

—¿Cómo? ¿Qué ocurrió? — preguntó Alice.

—Pues estábamos en el instituto. Empezó a sonar la alarma de emergencia, evacuaron el centro y no sabemos más. Nos encontramos todos de casualidad, en una escalera oscura al final del pasillo. Con una puerta abajo, que no sabíamos que existía — respondió Dafne.

—¿No os habéis enterado de nada más? — preguntó de nuevo Alice.

—Al entrar, la puerta se cerró de golpe. Era imposible abrirla nuevamente. Ya no podíamos retroceder, había un pasillo estrecho, muy largo. Una caída de cuatro metros, hasta que fuimos a parar detrás de una catarata. La tuvimos que rodear para poder salir. Hasta que hemos llegado a la casa y hemos acabado aquí.

Eso resumiendo — respondió esta vez Zoe.

—Hace 3 días también... Esperad, vuelvo enseguida — dijo Alice.

Ainara se levantó y fue detrás de su prima. El resto se quedó esperando más información. Sentados por donde podían, cavilando la posible información que Alice les iba a proporcionar.

Estaban agotados, habían perdido la noción del tiempo allí abajo encerrados en el bunker.

—¿Alice, qué escondes? No estoy grabando, así que dime qué es lo que está pasando. Sin rodeos   — le pidió Ainara.

Entonces Alice, pidió a Ainara que le acompañara. Le explicó que su padre había dejado un sistema, para ver qué era lo que ocurría en el exterior. Para que cuando tuviera que salir del búnker pudiera ver cualquier parte del planeta desde allí, en caso necesario. Aún no lo había utilizado nunca.

Se dirigieron a mirar cómo seguía el instituto y los alrededores a tiempo real. Así tendrían más información de lo sucedido en el exterior. Ainara le dio la dirección exacta para introducirla en el sistema. Salió en la pantalla la imagen, en directo, de la zona. Estaba completamente abandonado el colegio, no había absolutamente nadie.

Ni siquiera el conserje, que siempre estaba en los alrededores, aunque fuera festivo. Solo le faltaba llevarse a su familia a vivir allí, para no tener que salir nunca.

—¡Qué raro! Vamos a mirar los alrededores del pueblo. A ver si vemos a mis padres o a alguien. Se ve todo abandonado y muy solitario — dijo Ainara.

Al averiguar cómo realizar el recorrido por la zona, se dieron cuenta que era un dron. El sistema enfocaba la imagen y realizaba a tiempo real los recorridos que seleccionaban ver en el mapa.

—Así será mucho más fácil. Con los drones, podremos observar bastante bien la zona — dijo Alice

Hicieron el recorrido, por todas las calles del pueblo. No vieron a nadie.

—¿Qué extraño, que debe de haber sucedido? ¿Dónde están todos? — preguntó Alice.

—Vamos a explicárselo a los chicos y decidiremos qué hacer — dijo Ainara

Las primas fueron de inmediato a informar al resto del grupo todos los detalles.

—Chicos, ahí dentro hay el control de un dron... Vemos el exterior, pero no hay nadie... — explicó Ainara.

Nadie entiende a Ainara, todos alucinan. Era la primera vez que veían a Ainara en ese estado de nervios. Ni cuando cruzaron la catarata, perdió la calma de tal manera.

—Ainara calma, ya lo explico yo. Dentro, tenemos un sistema con un dron. Podemos ver cualquier parte en directo. Hemos puesto la dirección del colegio y hemos hecho el recorrido por las calles del pueblo. Sale todo completamente vacío.

No queda absolutamente nadie. Ni siquiera se ve a ningún animal — explicó Alice.

—¿Alice, sabes dónde estamos? ¿A qué distancia del pueblo y como salir de aquí? — preguntó Dani.

—Si claro, mi padre me dejó todo bien organizado. Para cuando saliera de aquí, si no estaba él para ayudarme. Ahora mismo os traigo los planos y demás papeles, aunque creo, que ya es muy tarde.

—¿Mejor primero cenamos, descansamos y mañana a primera hora lo miramos y nos organizamos? — dijo Alice.

—Sí, la verdad es que lo veremos todo más claro por la mañana, con la mente más despejada — dijo Rubio.

—Sí, hoy ya he tenido demasiada información. Prefiero descansar primero — dijo Dani.

Todos asintieron, cenaron en grupo y se fueron a dormir a las camas de la casa. Por la mañana, ya se situarían mediante el plano y organizarían la ruta. Podrían volver al pueblo, cuando se situarán exactamente donde está la casa del bunker y saber qué fue lo que organizó el caos en el instituto.

Capítulo 4

El regreso

Cuando despertó Ainara, fue a desayunar con los ojos aún apenas abiertos. En la mesa ya estaban todos mirando planos y demás papeles.

—¿Chicos ya habéis desayunado? ¿Por qué no me habéis despertado? ¿Cuánto tiempo lleváis ya con el papeleo? ¿Habéis encontrado algún dato, entre los papeles de mi tío? — pregunto Ainara.

—Tranquila Ainara, desayuna y despéjate. Estamos acabando de mirar los papeles.Ya lo tenemos bastante claro. Dónde estamos y cómo salir de aquí — dijo Alice.

Ainara se bebió un Cola cao, comió una tostada con jamón y queso, se aseó y volvió a la mesa, con mejor presencia y mucho más despejada. Lista para lo que le esperaba hoy. Todos miraban el plano, encima de la mesa. En la X que era donde estaban ellos, en la casa del bunker. Hasta la zona de los padres de Ainara, había solo media hora por una ruta algo liosa. Tenían que situarse bien para no liarse y perderse.

—¿Alice, no podemos llevar encima el sistema para controlar y visualizar los drones? Así seguro que no nos perdemos, y podemos prevenir los peligros que puedan haber en el camino — dijo Ainara

—Buena idea Ainara, será más fácil hacer la ruta. La batería dura 3 días aproximadamente por suerte. Pero aún así, cogeré el cargador — dijo Alice.

También cogió alguna cosa más, que creía que le podía ser útil. Barritas energéticas, aparatos eléctricos de casi todos los tipos… La mochila pesaba bastante. Pero se la irán repartiendo para no llevar tanta carga todo el rato la misma persona.

—En marcha, todo preparado para ver qué ha sucedido realmente en el colegio. Y porque no se ve a nadie desde el dron — dijo Zoe.

Según el mapa tienen que dirigirse hacia el norte. Diez minutos, lleno de bifurcaciones a cada diez pasos. Rubio y Dani eran los encargados de la brújula.

Alice y Zoe, se encargaban de los drones para guiar y controlar el camino. Fran, Ainara y Dafne, eran los encargados del mapa y llevar la mochila pesada.

Pasados esos diez minutos. Empezó a caer una tormenta de arena. Bastante fuera de lo normal, eso nunca había sucedido anteriormente. Con los drones vieron una cueva próxima, decidieron cobijarse y esperar a que pasara.

Al entrar en la cueva y encender las linternas, se dieron cuenta de algo que les extrañaba. No había ningún bicho, ni siquiera una araña o una hormiga.

Aprovecharon para comer algo y descansar un rato. A la media hora, paró la tormenta de arena y se prepararon para continuar el camino.

Cuando pudieron reanudar la ruta, faltaban pocas horas para que empezara a anochecer. Tenían claro que no querían hacer noche a la intemperie, sin llegar al pueblo.

—En nada, llegamos al pueblo. Por fin podremos dormir en casa hoy. Mañana empezaremos con muchas más ganas a averiguar qué ocurrió — dijo Ainara.

Al llegar al pueblo, ya había anochecido. Estaba todo completamente oscuro, tenían que enfocarse con linternas. Suerte que los drones también alumbraban, podían ver algo a más larga distancia.

Era tarde, querían ir primero a casa a descansar. Y ya de día, averiguar qué generó el caos del instituto.

Fran y Rubio sin vecinos, viven en la misma calle de casas. Cuando llegaron seguía todo completamente a oscuras, al entrar en las casas no había nadie.

Ainara y Alice se fueron juntas a casa de Ainara. Parecía un pueblo fantasma, todo estaba abandonado. De noche no se podía apreciar con detalle.

Dafne vive en la calle de atrás de Ainara. Se fue sola a su casa y lo mismo, completamente sola. No vio a nadie.

Zoe y Dani viven más alejados y cada uno en una punta del pueblo. Tuvieron que hacer más recorrido de calles, todo seguía completamente abandonado.

Les extraño muchísimo el abandono y no ver a nadie. Aún así, cada uno se fue a su casa a descansar y quedaron al amanecer en la puerta del instituto, para empezar a investigar la zona con claridad.

Al día siguiente. Cuando llegaron todos al centro educativo, se dieron

cuenta que no se habían encontrado con nadie. Parecía un pueblo fantasma, en el que no había ni una mosca, solo estaban ellos siete. Alice y Ainara, se quedaron investigando los alrededores con los drones. Mientras que el resto se fueron a recorrer el exterior del colegio en dos grupos. Quedaron en la puerta principal, para entrar todos juntos a investigar dentro.

Mientras estaban mirando con los drones, les pareció ver algo moverse.

—Chicos, rápido venid. ¡Corred! — gritó Alice.

—Nos ha parecido ver a alguien entrando por la puerta trasera del colegio. Si hay alguien sabremos qué es lo que ha sucedido. ¿Por qué no queda nadie en el pueblo? Podremos responder la mayoría de preguntas que tenemos — dijo Ainara.

—Vamos, no perdamos más tiempo. Alice y Dani vendrán conmigo. Cubriremos las salidas de emergencia de atrás para que no pueda salir sin ser visto — planeó Dafne

—Fran y Zoe que entren por detrás. Mientras yo entro por delante con Rubio — añadió Ainara.

—Perfecto, no perdamos el tiempo, que no escape vamos a buscarlo. Necesitamos información de qué es lo que está pasando. Seguro que nos la puede proporcionar — replicó Zoe.

Fran y Zoe entraron. Justo al entrar lo vieron, parecía un chico. Pero al llamarlo escapó corriendo. Salieron corriendo detrás de él, pero consiguió escapar.

—¿Qué sucede? ¿Por qué escapa? — preguntó Fran.

—Controlad las salidas, ¡Ha escapado! — gritó Zoe.

—Vamos tras él. A ver si lo cogemos — dijo Fran.

Justo en ese momento, Rubio y Ainara decidieron ser más cautelosos. Si había escapado esa persona, era porque ocultaba algo o desconfiaba por algo.

—Iremos con cuidado. Lo que está claro, es que no quiere que le veamos. Y mucho menos que hablemos con él o ella — dijo Rubio.

Los cuatro amigos, estaban dentro. Decidieron ir a donde empezó todo, a la zona de las escaleras del final del pasillo. Dónde quedaron los seis atrapados cuando se cerró la puerta.

Se quedaron paralizados, la puerta estaba otra vez abierta. Decidieron salir y avisar al resto del grupo. Mientras, controlaban todo el colegio para que no escapara la persona que habían visto.

—Chicos, Ainara, Zoe, Fran y yo volveremos a cruzar la puerta. Al igual se esconde dentro. Si no, no tendría sentido que esté abierta de nuevo. Vosotros controlad todo el colegio. Que no se os escape — les pidió Rubio

Todos están conformes. Los chicos ya sabían el recorrido de salida del lugar.

—Con la ayuda de los drones, una vez salgan de la catarata ya podremos saber que está todo bien. Llevaros estos dos walkies, por si necesitamos comunicarnos. No sé, si funcionarán allí abajo. Pero en el búnker, era mi única manera de comunicarme con mi padre. Aquí arriba, nos quedaremos con uno también para comunicarnos — dijo Alice.

Al cruzar la puerta está vez no se cerró, se mantuvo completamente abierta. Decidieron avanzar, los cuatro chicos con mucha precaución y en silencio para no ser vistos. Si no, seguro que el chico huiría de nuevo.

A los cinco minutos de camino, nuevamente le vieron. Justo en ese momento salió corriendo, los cuatro iban tras él. Al llegar a la bifurcación no vieron hacia donde había ido.

—Ahora, ¿Qué hacemos? — preguntó Fran.

—Rubio y yo vamos por la izquierda, vosotros dos por la derecha. Ya sé que no sabemos que hay ahí a la izquierda, pero no puede ser peor que lo que ya conocemos de la derecha. Pero no tengo ganas de volver a pasar el vértigo que pase en la Catarata. A vosotros se os daba bien ese recorrido, aun con el percance de Zoe que casi cae. Sois los adecuados para ese recorrido — dijo Ainara.

—Bueno, pero si nos separamos, nos repartimos los walkies. No sabemos si funcionan, pero cuando salgamos de aquí podremos informar de la situación al resto del grupo — dijo Fran.

—De acuerdo, nos vemos pronto. Estamos en contacto, id con cuidado — dijo Rubio.

Ainara y Rubio siguieron el camino, a los cien metros el pasillo se hizo sorprendentemente ancho. De repente, llegaron a una sala enorme, con una puerta de seguridad al fondo.

—¿Pero todo esto? ¿Qué es? — murmuró Rubio.

—No lo sé, pero si un búnker, una cascada… No nos ha detenido, esto tampoco. ¡Esta puerta, también la abriremos! — dijo Ainara.

Después de media hora intentándolo, no había manera.

Se comunicó con sus compañeros. Por suerte el walkie, se comunicaba con el walkie del colegio perfectamente. De Fran y Zoe aún no sabían nada, no contestaban al walkie.

Ainara le dio las indicaciones a Dafne. Les dijo que bajarán, si la puerta de las escaleras aún seguía abierta. Que tenían que ayudarle a abrir como sea, una puerta de seguridad que se habían encontrado. Rubio y ella solos no eran capaces.

Todos se quedaron asombrados, pero no perdieron el tiempo, fueron rápidamente. Tardaron muy poco en encontrarse nuevamente.

—Esa puerta, esa puerta… Me suena haberla visto en algún lado —dijo Alice.

Los chicos se quedaron bastante sorprendidos. A ninguno le sonaba de nada esa puerta.

—Tienes Razón. ¡Alice, dame los papeles de la maleta rápido! Había una foto, con exactamente la misma puerta. Seguro que ahí nos sale información para abrirla, o información de lo que hay dentro — dijo Ainara.

Mientras miraban los papeles entre todos, buscando información buscando la foto. Fran y Zoe hablaron el por walkie.

—Hemos llegado a la catarata. Aquí no hay absolutamente nadie. ¿Buscáis fuera con dron o qué hacemos? — preguntaron Fran y Zoe.

—Chicos cambio de planes, retroceded y venid para aquí directos, sin perder el tiempo. Aquí hay algo bastante difícil de creer. Estamos todos aquí abajo — dijo Ainara.

A los diez minutos, estaban todos juntos y muy extrañados. ¿Qué hacía una puerta de seguridad allí abajo? ¿Porque coincide con los papeles del búnker?¿Cómo podían abrir la puerta para descubrir que había en el interior?

—Chicos tengo la Clave, fijaros. En la puerta de la foto, no sale la pared exactamente igual. La puerta está entreabierta en la foto. Seguramente tendremos que averiguar la manera de que quede completamente igual la pared. Así se abrirá seguro — comentó Alice.

Todos se quedaron impactados y sorprendidos.

—Pero, ¿Cómo podemos hacer eso? — preguntó Dafne.

—Tenemos que investigar a fondo la sala. Cualquier cosa por diminuta que sea, que se mueva, puede ser la clave. ¿No es así prima? — contestó Ainara al vuelo.

—Sí, así es y más vale hacerlo con cabeza. También puede ser un movimiento trampa — advirtió Alice.

—Movimientos trampas. ¿Qué es eso? — preguntó Fran mientras tocaba la puerta.

La habitación comenzó a temblar y bajó un palmo el techo. Todos se miraron extrañados.

—Justo eso, son los movimientos trampa. Tenemos que mirar la habitación y mover únicamente lo que vemos diferente de la foto — dijo Alice.

—Mirad, esto se mueve — dijo Zoe mientras se apoyaba en la pared. La habitación tembló de nuevo y se redujo dos palmos más el techo. A la vez que se prendió una antorcha, encima de una figura con forma de oso.

No era tan fácil como pensaban. Había que hacerlo con mucha prevención y cabeza. Al mínimo movimiento inadecuado, había consecuencias. Como ya habían podido comprobar los chicos.

Mientras, todos investigaban la habitación con la fotografía. Ainara seguía observando los demás papeles. El día que lo miraron como estaba medio dormida apenas los miro, ni se percató de ningún detalle.

Entonces fue cuando descubrió en uno de los papeles, había un esquema que también estaba entre los libros de su casa. Su padre siempre le dijo, que ese esquema era de un descubrimiento de su abuelo antes de que les invadieran años atrás. Fue la manera que tuvo de ocultarse para sobrevivir.

—Chicos, ¡Parad y venid! ¡Sentaos todos! Alice ¿Te recuerda algo este esquema? — preguntó Ainara.

—Sí, es el esquema del descubrimiento del abuelo. ¿Qué tiene que ver con abrir esta puerta? — preguntó Alice.

—Mi padre siempre me dijo que el esquema era el descubrimiento del abuelo. Nunca me proporcionó más detalles sobre ello. Pero es demasiada casualidad que esté entre estos papeles con la foto. ¿No? Y también justo arriba de la puerta, mal situados. Creo que tenemos en nuestras manos la única manera efectiva de abrir la puerta — comentó con convicción Ainara.

Ainara se dirigió hacia la puerta y efectivamente ahí estaba la pieza mal organizada. Era tipo tetris, había que encajar las piezas para crear el dibujo del esquema en forma de oso. El oso iluminado por la antorcha prendida.

Ainara se dirigió automáticamente a mover las piezas del oso. Justo cuando faltaba encajar la última pieza comenzó a temblar.

—Lo siento, chicos, no me veo capaz. ¿Y si es una trampa? — dijo

Ainara.

—Tranquila Ainara. Todos estamos contigo — dijo Dafne.

Todos se acercaron, para que Ainara se sintiera más segura y tranquila. Así podría finalizar de montar el esquema del oso sin tanto riesgo de equivocarse con los nervios.

Rubio, comenzó a grabarla con el móvil. Sabía que grabando a Ainara le daría mucha más seguridad y tranquilidad.

—¡Hola seguidores! Aquí está Ainara con una tarea verdaderamente importante. Al abrir la puerta ella os enseñará qué es lo que hay en su interior... — dijo Rubio

Ainara se consiguió meter en el papel y se relajó bastante. Una vez finalizó de montar el oso, todo se iluminó completamente.

—¿Qué ha pasado, se ha...? — preguntó Alice.

Y efectivamente, no le dio tiempo a acabar la frase. La puerta se abrió completamente. Todos se quedaron parados.

Ainara no hacía más que preguntarse si el abuelo había sobrevivido allí y ese era su gran descubrimiento.

Capítulo 5

El descubrimiento del Abuelo

Detrás de la puerta, se encontraron una sala enorme toda de oro. Era impresionante. Era una mansión de lujo, debajo de las piedras. Con todo lo necesario para no tener que salir de allí para absolutamente nada. Empezaron a buscar, a ver si veían a la persona que consiguió escapar, pero no encontraron a nadie. El cansancio y el sueño ya podían con ellos.

No querían dejar sin vigilancia ese lugar, para irse a descansar. Decidieron quedarse allí Ainara y Alice. Rubio insistía en quedarse también, pero le dijeron que no era necesario y que se marchara con el resto. Las dos solas eran suficientes para vigilar el lugar y pasar la noche. Se fueron a cenar y descansar. Cada uno a su casa para volver al día siguiente, con energía renovada al lugar.

Al día siguiente, a media noche. Ainara notó algo extraño. ¿Qué sucedía? Despertó rápidamente a Alice.

—Alice, despierta. He notado una sensación bastante extraña. Como si nos estuvieran observando — murmuró Ainara mientras la despertaba.

Justo en ese momento, decidieron avisar por walkies al resto del grupo. Revisaron la zona, asegurándose de que no las tenían controladas a las dos. Tenían bastante miedo. Abrir la puerta del oso al igual no había sido buena idea y quedarse allí solas, menos.

Justo cuando iban a salir de la habitación, en busca de sus compañeros, escucharon sus nombres por detrás, con una voz bastante conocida. Se quedaron petrificadas. Se dieron la mano fuertemente, con mucho miedo y se giraron a la vez.

En ese momento se dieron cuenta que era Tom el tío de Ainara, el padre de Alice.

—Pero papá, ¿Qué haces aquí? ¿Qué ha pasado? ¿Por qué no me has contactado? Estaba esperando, que me dijeras que podía salir del búnker. Pero… Esto parece irreal ¿Qué haces aquí abajo, en esta mansión de lujo? —dijo Alice.

—Alice ¡ya!, deja hablar a tío Tom. Que no has parado de hablar en todo el rato — le cortó Ainara.

—Chicas, me ha parecido escuchar que habéis avisado a vuestros amigos por walkies. Os ruego que retraséis el tiempo que tarden bastante más en llegar al lugar.

Si queréis que os cuente con todo detalle, ellos no deben verme aún — dijo Tom.

—Eso está hecho. Chicos falsa alarma, todo despejado. Nos vemos por la mañana, cualquier cosa os vuelvo a avisar tranquilos — dijo Ainara a través de walkie.

Pero no obtuvo respuesta de los chicos. No sabía si le iban a hacer caso o iban a ignorar el mensaje.

—Cómo supongo que estaréis pensando…Si este sitio secreto lleva muchos años con nosotros. Vuestro abuelo fue el que lo diseñó cuando lo encontró. Gracias a este sitio sobrevivió cuando nos invadieron. Por eso los papeles, las fotos, y todo os ha resultado conocido. Habéis sabido entenderlo muy bien para lograr abrir la puerta. Sino, seguro que hubiera sido imposible que accedierais — dijo Tom.

—¡Lo sabía! Sabía que era el sitio del abuelo — comentó Ainara con aire triunfante.

—Me tengo que ir, ya vienen vuestros amigos. Cuando estéis solas os seguiré contando, de momento no pueden verme. Os quiero y me alegro mucho de que estéis aquí y bien —les dijo Tom.

Los chicos llegaron antes de lo que las dos querían ya que no habían recibido el mensaje de falsa alarma.

—¿Chicas, ¿Qué pasa? ¿Todo bien? ¿Tenéis una cara muy extraña? — preguntó Dafne.

—Si todo está bien, nos ha parecido escuchar un ruido. Pero al recorrer la zona, nos hemos dado cuenta que era una piedra que cayó. Nos hemos asustado bastante, pero ahora ya está todo controlado — mintió Alice.

—Bueno, ahora lo mejor es permanecer unidos. Así podremos descansar más tranquilamente. Tenéis demasiada cara de susto. No es buena idea que os sigáis quedando aquí las dos solas — dijo Dafne.

—En serio chicos, se agradece mucho, pero no es necesario. Vamos a estar bien, en serio. Cualquier cosa os avisamos de nuevo. Id a descansar que como en casa, en ningún lado — les señaló Ainara.

—No insistas. Nos quedamos todos aquí con vosotras y punto — le replicó Rubio.

—Correcto, de aquí no se va nadie. Permaneceremos juntos — añadió Dani.

Ainara y Alice se hicieron las dormidas. Era imposible dormirse en esa situación. Así evitarían las preguntas y buscaron otro tema de conversación diferente a lo que de verdad estaba sucediendo, sin que se les notase.

¿Pero qué estaba pasando? Necesitaban quedarse solas para descubrirlo.

Lo único que habían conseguido averiguar, era que era el lugar de su abuelo.

¿Pero cómo logró sobrevivir allí? Qué lugar más extraño.

Tenían un montón de dudas en el pensamiento las dos primas.

Cuando amaneció, Alice y Ainara fueron las últimas en despertar. Al final, habían caído rendidas del sueño. Mientras todos estaban desayunando algo. Hablaron para organizarse y empezar a buscar bien en la zona.

—Prima, tenemos que hacer algo. Tenemos que sacarlos de aquí, como sea y que nos dejen solas. Tenemos que evitar que descubran a mi padre — murmuró Alice.

—Sí pero, ¿Cómo? Después de haberles avisado por walkie, ya no nos van a dejar solas aquí abajo, hasta que no comprueben que no hay nada ni nadie. Y aun así, no sé si nos dejaran solas — susurró Ainara.

—Chicas, buenos días. ¿Qué murmuráis? Venid a desayunar y empezaremos el día — dijo Dafne.

—Esto está hecho, estábamos hablando del susto de ayer, ocasionado por una sola piedra — le respondió Alice mientras sonreía.

—¿Qué planes hay para hoy chicos? Aquí abajo ya está todo más que investigado. Yo creo que tendríamos que volver al colegio, mirad bien si está por allí arriba la persona que vimos. O al igual escapó por donde cayó la piedra anoche — dijo Ainara

Dafne, conocía muy bien a Ainara. Ya había descubierto que quería echar a todos de allí abajo. Decidió ayudarla, aunque no sabía el motivo, sabía que algo sucedía.

—Sí chicos. Lo mejor es subir. Aprovechad para pegaros una ducha en el vestuario. Buscar ropa deportiva en las taquillas, para estar más cómodos. Con el susto de anoche, no me ha dado tiempo ni de cambiarme. Sinceramente, aquí hay alguno que huele un poco mal —

dijo Ainara.

—¿En serio? ¿Quién huele mal? — preguntó Fran mientras se olía los pies.

Todos se echaron a reír al ver la actitud de Fran

— Je, je. De paso podemos hacer una comida en condiciones en la cocina del instituto. Fijo que habrá algo para comer bien y no tanta comida rápida. Basta de no tomarnos un rato para nosotros, sin tanto pensar. Nos lo merecemos — dijo Dafne guiñándole el ojo a Ainara. Todos aceptaron y subieron a los vestuarios, hicieron turnos para ducharse, primero chicos y después chicas.

—Te cubro, haz lo que estés tramando y después me cuentas. No tardes — le dijo Dafne al oído a Ainara.

Ainara le guiño el ojo. Busco el momento adecuado para escapar. Sabía que si iba sola, Dafne y Alice la cubrían. Fue a toda prisa hacia abajo, sin hacer el mínimo ruido para no ser descubierta. Intentando evitar a Zoe y a los chicos, que estaban en la ducha. Tropezó mientras bajaba por las escaleras y cayó. Por suerte no hizo ruido. Se hizo una rascada, bastante profunda en la pierna. Y se rasgó un poco el pantalón.

Cuando llega al sitio se reencontró con el tío.

—Hola, tío Tom. He conseguido venir sola, gracias a Dafne. No sabe nada de lo que pasa, pero me ha ayudado a poder quedarme sola, y que se fueran todos de aquí. — explicó Ainara.

—Lo se Ainara, lo he visto todo. A lo que vamos, escucha bien porque no sabemos cuánto tiempo tenemos para estar solos aquí abajo. Si vienen o hay sospechas me tendré que marchar. No pueden descubrirme — advirtió su tío.

—Sí, sí, me callo y te dejo hablar. Vamos a aprovechar el tiempo. Pero por favor, primero háblame de mis padres. ¿Dónde están? ¿Están bien? ¿Y la gente del pueblo? — le preguntó Ainara.

—Tus padres están perfectamente, Ainara. Por suerte conseguí advertirles a tiempo, y así ponerles en un lugar seguro. Pero aun no puedo decírtelo. La gente del pueblo, desafortunadamente, la gran mayoría, no ha sobrevivido. Tus amigos y tú habéis tenido la gran suerte de sobrevivir al no evacuar como todas las demás personas del colegio. Por cosas del destino, todos vinisteis aquí abajo. En cuanto cruzaste la puerta, yo me encargue de cerrarla. Así asegurarme que no volvierais a salir. Al haber escogido el camino de la derecha en la bifurcación, sabía que te encontrarías con Alice — le explicó pausadamente su tío Tom.

Ainara estaba muy sorprendida de la información, no paraba de pensar qué hubiera sucedido si hubiesen tomado el otro camino.

—Las dos justas sois mejores, hacéis un muy buen equipo. Os compenetrais muy bien. Sabía que regresarías. — le siguió diciendo Tom. Realizó una pausa, para poder continuar con la historia. Así asegurarse que seguían solos y nadie más se dirigía hacia allí.

—Yo trabajo de Astrónomo en la Nasa. Me di cuenta que era lo que iba a suceder. Tenía la oportunidad de prevenirlo, pero era imposible advertir a toda la población, de algo que el gobierno no quería que se supiera. Estaban haciendo algo extremadamente peligroso. Solo lo sabíamos muy poca gente, de la Nasa. La mayoría también han fallecido por culpa de esto. Yo sabía que iba a salir mal.

Fue cuando me organicé, y así preparar lugares seguros. En los que estar y asegurarme que hubiera todo lo necesario, para sobrevivir un año sin necesidad de salir. Por eso cuando sabía que faltaba poco para que sucediera le dije a Alice, que se encerrara en el bunker. Yo me iba comunicando con ella. Hasta que me hackearon el sistema, y ya no pude seguir haciéndolo. Hasta hoy, que os he vuelto a ver— prosiguió Tom.

—¡Ainara rápido! ¡Sube! ¡Qué vienen! — se escuchó de fondo con la voz de Alice

—En otro momento seguimos. Corre ve, que no sospechen — dijo Tom.

Ainara aceleró el paso. Al llegar arriba disimuló hablando con Alice, cuando venían Rubio y Dani.

—Ainara ya está hecha la comida. ¿Vienes a comer? ¿No te has duchado? — dijo Dani.

No le dio tiempo a contestar que seguían las preguntas.

—¿Qué te ha pasado en la pierna, estas bien? ¿Con que te lo has hecho? ¿Te ayudo? — dijo Rubio.

Hasta ese momento Ainara no se había dado cuenta. De lo que realmente se había hecho en la pierna. Hasta ese momento no había sentido dolor. Era bastante hondo y escandaloso. Estaba hecha un asco con los pantalones rotos y llenos de sangre.

—Estoy bien. Solo me he caído por las escaleras cuando he bajado a buscar mi móvil, para el reportaje de Youtube. Me ducho, en un minuto y nos vemos en el comedor. Alice acompáñame, a la ducha porfa 32 por si necesito ayuda, con esta pierna. Estaré bien chicos. Gracias por preocuparte por mi Rubio — dijo Ainara tirándole un beso al aire a Rubio.

Ainara, le hizo un resumen rápido a Alice. Demasiada información. para un momento. Era difícil de digerir, todo lo que le contaba a su prima.

—Pero ¿Qué es lo que estaba haciendo el gobierno, que no se puede saber?

Me parece imposible qué por culpa de ellos, haya ocurrido todo esto — dijo Alice.

—Pues así es la historia. A ver si podemos organizarnos para que nos dé más información, el tío Tom — comentó Ainara.

Se dirigen hacia el comedor. Justo antes de entrar, apareció Dafne llamando a Ainara. Alice se marchó y se quedaron las dos solas.

—¿Qué ocurre, por qué tanto misterio? — preguntó Dafne.

—Lo siento Dafne, pero por ahora no te puedo contar. Pero muchísimas gracias por ayudarme, de verdad. Te debo una. Tendré que ausentarme más abajo sola, cuando no haya nadie. Si me quieres echar la mano. Pero por ahora, no puedo explicarte cual es el motivo — dijo Ainara.

—Sabes, siempre puedes contar conmigo. Ya cuando creas oportuno me cuentas qué ocurre. No me debes ninguna — respondió Dafne.

—Sí, lo sé, siempre estas para mí. Gracias — dijo Ainara.

Capítulo 6

Dafne cómplice

Estaban todos en el comedor comiendo. Al fin comían caliente y en condiciones. No comida rápida, como días atrás.

—Bueno chicos, creo que lo mejor hoy es investigar por el pueblo. A ver si encontramos a alguien más, alguna pista de lo que ha sucedido. Esto es muy extraño — dijo Alice.

Todos aceptaron y finalizaron la comida. Listos para empezar el recorrido y la investigación.

—A mí me duele bastante la pierna. Sigue sangrando, según el movimiento que hago. No sé si podré aguantar, al mismo ritmo que vosotros. Iré con mi prima, por zonas más cercanas. Cualquier cosa, os avisamos por walkie — comentó Ainara.

—Vale, perfecto — respondieron al unísono.

—¿Estás segura? No sé si es un buen plan, que os quedéis solas de nuevo. Y menos así, que no puedes salir corriendo — comentó Rubio.

—Sí, estoy segura. Tranquilo mi Rubio, estaré bien. Así voy a mi ritmo y no os retrasó. Si encontráis algo ya me avisáis por walkie — dijo Ainara.

—Venga, vamos chicos. No perdamos más tiempo, hay mucho que recorrer y falta poco para anochecer. Cualquier cosa, os avisamos Ainara y Alice — dijo Dafne mientras le guiñaba el ojo a su amiga.

Había salido todo perfecto, para volver a quedarse solas las dos. Dafne le había vuelto a cubrir. Seguro que le avisaba, cuando volvieran.

Todo perfecto, menos la pierna de Ainara. Cada vez iba a peor y le costaba más caminar. Cuando ya no se veía a nadie cerca aprovecharon para volver abajo nuevamente y hablar con Tom de nuevo.

—Hola papá, hoy tenemos más tiempo para hablar. No volverán hasta el anochecer — dijo Alice.

—Hola chicas, perfecto. Lo habéis hecho muy bien. Para empezar, quiero deciros que estoy muy sorprendido con vosotras. Tenía alguna duda, pero os estáis adaptando super bien — las elogió Tom.

En ese momento, Tom se quedó muy sorprendido. Cuando vio a Ainara cojear y quejándose de dolor en la pierna. Mientras veía un poco de sangre traspasando el pantalón.

—¿Qué te ocurre en la pierna Ainara? ¿Ha sido la caída de antes? Déjame verte bien... Necesitas ver a un médico, se está poniendo bastante mal. Voy a avisar a una amiga. El problema, es que no creo que le dé tiempo a llegar antes del anochecer. Pero te tiene que ver la pierna hoy, sí o sí. Se te puede poner bastante peor. Seguramente tendréis que ganar más tiempo — les explicó Tom.

Mientras Tom conversaba iba caminando, accedió a una sala secreta enorme. Detrás de una estantería de libros. También tenía forma de oso muy iluminada.

Las chicas, le siguieron sorprendidas.

—Una puerta detrás de una estantería, como en las pelis. ¿Cómo no se nos había ocurrido? — murmuró Ainara.

Detrás, había todo tipo de aparatos. Sistemas para comunicarse, y mucha maquinaria. Desde allí Tom se comunicó con su amiga la doctora Thais y en tres minutos obtuvo una respuesta.

—Hola. ¿todo bien? Tienes que venir Thais. Mi sobrina, tiene una grave herida en la pierna. Urge que la veas lo antes posible. Ven sin ser vista, rondan cinco amigos de ella por el colegio. — dijo Tom.

—Tranquilo, llegaré lo antes posible. Cogeré todo lo necesario, ya me dirijo hacia allá. Cuando llegue te aviso, para saber si tengo vía libre y puedo entrar — dijo Thais.

Al finalizar, la conversación con Thais. Tom se volvió a dirigir a Ainara.

—Bueno, seguimos con lo nuestro, mientras, no podemos perder el tiempo. Siéntate Ainara, deja la pierna en alto. Necesitas reposar, hasta que te la vea Thais — dijo Tom.

—Vale, si tú lo dices — comentó Ainara

Siguió contándoles, a las dos chicas, el motivo por el cual, se había generado tal caos en el pueblo.

—Seguimos. Entonces, el gobierno no quería que nadie se enterará. Lo que estaban planeando, era totalmente confidencial. Querían controlar la lluvia, con la ayuda de la Nasa — les relató Tom.

—Papá y ¿Qué hiciste? — preguntó Alice.

—Alice no interrumpas, deja que acabe. Si no, no tendremos tiempo suficiente — la reprendió Ainara.

—Yo me negaba a ayudar, cuando me contaron lo que querían hacer. Pero la única manera de ayudar realmente a la población, era estar 35 dentro del plan para saber todos los detalles. Y así intentar evitar la catástrofe. Pero fue imposible detenerlo, ese gas se convirtió en tóxico. Sabíamos que tardaría poco en evaporarse al exterior. Se volvería mucho más tóxico y crearía el pánico — lamentó Tom.

Hizo una pausa, para beber agua y preguntar a las chicas si querían alguna cosa. Alice pidió una limonada y prosiguieron la conversación.

—Fue en aquel momento, cuando te dije Alice que te encerraras en el búnker. Sabía que todo había salido mal, e iría a peor. Ya no había nada que hacer para evitar lo ocurrido. Cuando se produjo el caos del colegio, fue porque el gas salió al exterior. Para evitar la situación de toxicidad activaron las alarmas. Pero la solución era permanecer completamente encerrados, cerrar herméticamente puertas y ventanas para que no hubiera ningún agujero por muy diminuto que fuera, en el que pudiera entrar ese gas — explicó Tom.

Ainara estaba muy sorprendida, tenía miles de preguntas. Como pudo el gobierno, haber tenido esa fuga tóxica. Y además no advertir a la población por los medios de comunicación.

—La falta de información, el no haber advertido a la población, hizo que la mayoría lo hiciera mal y salieran al exterior, en vez de permanecer encerrados y cubrir todo — lamentó Tom

—Normal, si no tenían información. Yo seguramente también hubiera salido — dijo Alice.

—En el instante que llueva no sé cómo será. Si desaparecerá el gas o si será mucho peor, al juntarse con el agua. Aún no está prevista lluvia, pero tenéis que estar pendientes. Aislarnos a todos, en un lugar seguro, antes de que eso ocurra. Vuestras casas no están preparadas para ese suceso. Tenéis que abastecernos con todo lo necesario para un año, como mínimo. Vuestros amigos aún no pueden conocerme, ni saber dónde me escondo. Al haber estado detrás, indirectamente, de la muerte de sus familiares, no sé cómo pueden reaccionar. Es preferible que por ahora no sepan de mí, pero si de lo que ha sucedido. Estáis buscando sin sentido — les indicó Tom.

—Y la gente fallecida ¿Dónde están? — preguntó Ainara.

—Los que queden vivos, seguirán completamente aislados. A los fallecidos el gobierno se ha encargado de ocultarlos de tal manera que no haya pruebas contra ellos. No sé dónde están — Contestó Tom.

La conversación quedó interrumpida, sus compañeros ya regresaban.

—Ainara, ya vamos — Dijo Dafne por el walkie.

—Recibido — dijeron a las dos a la vez mientras se dirigían velozmente hacia arriba.

Ya había anochecido. Tenían que subir e ingeniárselas para que llegara Thais, sin que nadie se diera cuenta. Para que Ainara se volviera a escapar y poder hacer algo en esa herida. Cada vez tenía peor pinta.

Alice y Ainara prepararon la cena, para así tener el plan perfecto para disimular delante de sus amigos. Esa noche tocaba comer una ensaladilla rusa que habían elaborado con lo que habían encontrado por la despensa.

—Hola chicos ¿Cómo ha ido el día? Aquí todo está muy tranquilo. No hemos encontrado nada — dijo Ainara.

—Después de toda la tarde recorriendo el pueblo, ha sido imposible encontrar algo de información. Lo que nos hemos percatado es que las casas fueron abandonadas repentinamente, ya que nadie cogió sus pertenencias. Otras pocas, tenían las puertas y ventanas medio tapadas completamente las juntas, no hemos logrado acceder al interior. Algo sucedió seguro — explicó Fran.

—También hemos encontrado la casa de Sam, nuestro compañero de clase. Estaba completamente cerrada. No se podía acceder por ningún lugar, al interior. Es bastante extraño — dijo Rubio.

—Pues sí, tendremos que regresar mañana. A ver si conseguimos acceder como sea y tener más información — comentó Dafne.

Al finalizar la Ensaladilla rusa. Alice, propuso una sesión de película y palomitas en la sala de audiovisuales. Todos aceptaron estaban agotados, querían hacer algo diferente a lo que llevaban días haciendo.

—Chicos, empezad vosotros a ver la película. Yo me quiero duchar, a ver si reposo, aunque sea un poco la pierna. Hoy ha sido un día bastante agotador para mí, me duele bastante. Intentaré venir pronto — dijo Ainara.

Todos asintieron y prepararon la sesión de peli y palomitas. Ainara se fue a dar una ducha. Al finalizar la ducha, se fue a ver a su tío. Cada vez tenía peor pinta la pierna y podía apoyarla menos.

—Hola Ainara, te presento a Thais. Ella estudió conmigo hasta que cambió de carrera. Se decantó por el mundo de la sanidad. Siempre sacaba excelentes en cualquier tipo de trabajos de la Uni — dijo Tom.

—Hola Thais. Encantada — Dijo Ainara.

—Hola, encantada. Sí, siempre me ha gustado la sanidad. Curar a la gente siempre me llamó la atención hasta que realmente me decanté por ello. Me encanta hacer todo lo que esté en mis manos por mis pacientes… A ver esa pierna — dijo Thais.

Thais puso una cara inesperada. ¿Qué sucedía?

—Se te ha infectado, aunque no tengas fiebre, tienes que controlarla. Te voy a limpiar, coser y cubrir bien la herida. Voy a mandar antibiótico, pero tendréis que buscar en una farmacia, ya que no tengo suficiente, para el tiempo que lo necesitas.

Mucho reposo y dentro de dos días, si no empeora, vuelvo a verte para ver cómo está esa pierna. Si empezara la fiebre me llamáis rápidamente — dijo Thais.

—Muchas gracias por todo Thais, nos vemos en dos días. Cualquier cosa nos comunicamos antes — Dijo Tom.

Cuando marchó Thais, se quedaron solos nuevamente Tom y Ainara.

—¿Han encontrado algo tus amigos, en el exterior? ¿Ya les has contado lo que ha sucedido, sin decirles nada de mí? — preguntó Tom.

—No, aún no les he dicho nada. Mañana les diremos. Y en relación a encontrar…nada. Las casas abandonadas de repente porque no cogieron las pertenencias. Algunas con ventanas y puertas a medio cubrir. Y la casa de Sam, un compañero de clase, completamente cerrada casi herméticamente. Mañana quieren volver a la casa de Sam — dijo Ainara.

—Lo veo bien, pero no tardéis en contarles, para no perder más tiempo. Sube pronto no vaya a ser que te echen de menos — dijo Tom.

Y así hizo Ainara, subió y fue directamente a buscar a Dafne a la sala de audiovisuales interrumpiendo la película.

—Dafne ven, tenemos que hablar — dijo Ainara.

A nadie le sorprendió que entre ellas dos hubiera conversaciones privadas, siempre las habían tenido. Lo que se llama secretos de mejores amigas. Fueron al gimnasio, estiraron dos esterillas para estar más cómodas y así reposar la pierna. Se taparon con un par de mantas que encontraron. Dafne, ya sabía que se iba a quedar con la película a medias. No era el día idóneo para acabar de verla. Lo que no sabía, era que le iba a contar exactamente su amiga.

Ainara comenzó enseñando la pierna recién curada, cubierta con gasas y vendaje. También el antibiótico y el Paracetamol que le había dado la Doctora Thais. Dafne, siguió permaneciendo callada, aunque muy sorprendida. No le gustaba forzar a su amiga a contar las cosas.

—Dafne, hoy si puedes preguntar. Te contestaré lo que pueda. Todo esto es muy difícil de contar — dijo Ainara.

—Está bien. Esa cura parece de médico y esa medicación de farmacia. Pero hasta donde yo sé, estamos solos — dijo Dafne.

—Sí, me la ha curado una Doctora. Me ha mandado el tratamiento. Pero tendremos que pasar por una farmacia para coger más antibiótico y Paracetamol. No es suficiente. Tengo que guardar reposo, controlar la fiebre. Lo tengo bastante infectado, en dos días volverá a realizarme la cura. No puedo decirte quién es ni cómo ha llegado hasta aquí. Solo que es de fiar — dijo Ainara pensativa.

—Vale, pasaremos por la farmacia mañana sin falta. Nos colaremos a coger la medicación que necesitas, no te pregunté más. Pero te veo pensativa… ¿Hay algo más que quieras y puedas contarme? — dijo Dafne.

—Sí, pero no sé cómo empezar. Bueno voy a ir directa. Tú si hay algo que quieras profundizar, pregúntame. Mañana se lo diremos a todos los demás. Pero hoy, quiero que seas tú la primera en saberlo — dijo Ainara.

Dafne relajaba a Ainara y le sujetaba la mano para que se sintiera más tranquila y relajada en el momento de hablar.

—Vale, tranquila. Empieza — le pidió Dafne.

—Ayer, me enteré de parte de la información. Hoy, me he enterado realmente, de que ha sido lo que ha sucedido. Es algo bastante grave. Está implicada la Nasa y el gobierno. Resulta que querían hacerse con el control de la lluvia. Salió mal, emitieron unos gases tóxicos, que al juntarse con la atmósfera… Han matado a la gente que estaba en el exterior. Y también a los que no protegieron bien el lugar, donde estaban encerrados para así evitar que entrara el gas — dijo Ainara.

—¿Cómo…? Parece irreal, pero te creo. ¿Y dónde están los cadáveres? ¿Y la gente que queda viva? ¿Y el gas tóxico ya no está? — preguntó Dafne.

—El gobierno se ha encargado de esconder los cadáveres. Así nadie puede acusarlos, ni denunciarlos. La poca gente que queda viva, una de ellas sería la doctora. De eso no te puedo dar más información, de momento. El gas tóxico, por ahora, está en el aire, pero ha dejado de serlo. Pero no se sabe qué pasará en el momento que llueva y el agua se junte con el gas — explicó Ainara

—Entonces todo esto. ¿Te lo ha contado la Doctora? — pregunto

Dafne.

Dafne estaba muy alucinada. ¿Cómo pudo haber ocurrido todo eso y que nadie hubiera tomado medidas, ni siquiera para avisar a la población? La situación era bastante difícil de creer.

—No, pero sobre quién me lo ha contado, no podemos profundizar por ahora. — le respondió Ainara

—Está bien. ¿Y entonces? — dijo Dafne.

—Lo importante es advertir que no sabemos qué podría ocurrir, en el momento que el gas se junte con la lluvia. Y que ya sabemos, cuál ha sido el suceso que provocó el caos en el instituto. Nosotros, nos salvamos porque se cerró la puerta de abajo de las escaleras. Así permanecimos encerrados abajo, durante el escape de gas. — relató Ainara.

—Bueno, déjame que procese todo esto. Ahora mismo, no sé ni qué preguntarte.

No me esperaba está información. ¿Cuándo tienes pensado contarlo mañana?

Ahora que me pienso, has dicho tenemos… ¿Quien más sabe todo esto? — preguntó Dafne

—Mi prima Alice, sabe tanto como yo — dijo Ainara

—Vale, bueno descansa y reposa la pierna. Yo voy a ver el final de la película, después venimos todos a descansar. Ya mañana lo hablamos en grupo y después nos acercamos a la farmacia a por tu medicación — dijo Dafne.

Capítulo 7

La media verdad

A la mañana siguiente. Ainara y Alice fueron las primeras en despertar. Se dieron una ducha de agua fría para despejarse. Comentaron que había llegado el momento de contarlo casi todo. Entonces Ainara le dijo a su prima Alice que Dafne ya lo sabía. Que anoche se lo contó. Quería que fuera la primera en enterarse, ya que le había estado ayudando sin ni siquiera preguntar o pedírselo.

Al finalizar la ducha y la charla se fueron directas a sus compañeros a despertarlos.

—¡Chicos despertad! Reunión importante en la cocina, en media hora — dijo Ainara.

Esperaron en la cocina, hasta que llegaron todos. Nadie, excepto Dafne, sabía sobre qué era la reunión.

—Bueno, ya estamos todos. Tomad asiento y empecemos — dijo Alice.

—Sobre todo escuchad hasta el final, por favor, sin interrupciones. Al finalizar ya aclaramos las dudas que tengáis. Contestaremos todas las preguntas que podamos responder — añadió Ainara.

Cuando finalizaron la explicación, Zoe y Fran se empezaron a reír.

—Y esa historia de fantasía. ¿De qué película la habéis sacado? — dijo Fran.

—Ainara, donde tienes la cámara de Youtube. Eso no se lo cree nadie — añadió Zoe.

Todos los demás no dijeron nada, se quedaron paralizados absorbiendo toda la información recibida. Estuvieron más de diez minutos en completo silencio. Hasta que, en ese preciso momento, Dafne les echó la mano.

—Chicos, de verdad es cierto. Yo me enteré anoche. También aluciné y aún ahora no lo quiero creer. Pero tenemos la prueba de la pierna de Ainara, la medicación que tiene en la mano, la que le falta, y todas las coincidencias de lo que están contando. De verdad que es cierto sin duda alguna— dijo Dafne.

—Vale, os creemos lo que nos estáis contando. Pero queremos

saber, a parte de la Doctora a la cual, cuando venga mañana, nadie podrá ver ¿Nos ocultas a alguien más que no sepamos que está por aquí? — preguntó Zoe.

—Sí, yo creo que hay alguien más. Nos están dando la información a medias — añadió Dani

—Sí, hemos visto a dos personas de momento — dijo Alice.

—Pero, sentimos no poder dar la información de quiénes son. Aquí la cuestión es que tenemos que anticiparnos a la lluvia. No sabemos qué pueda llegar a pasar y tenemos que estar prevenidos. Si encontramos a alguien, que de casualidad aún siga en el pueblo encerrado, completamente porque aún no se atreve a salir, hay que advertirle que está controlado el gas tóxico, hasta el momento en que llueva. No sabemos cómo va a afectar en ese caso — añadió Ainara.

—Vale, bueno la información está bien. Necesitaremos tiempo para asimilarlo. No sabemos si nuestros familiares siguen vivos, cosa que dudo — se lamentó Dani

—Tu Ainara reposa esa pierna. Dafne, Alice y yo saldremos a la farmacia a por tu medicación. Buscaremos alguna casa, cerrada completamente por el camino. A ver si hay alguien más vivo — dijo Rubio.

—Necesitamos tiempo para creerlo completamente. Buscaremos alguna prueba más. Fran y yo iremos a la casa que vimos ayer cerrada. No pudimos abrirla, la de vuestro compañero de clase, Sam. A ver si conseguimos abrirla como sea. Os informamos — dijo Zoe.

—Muchas gracias chicos por intentar comprenderlo. Id con cuidado — dijo Ainara.

Ainara fue a reposar en la Sala de abajo. Quería sentirse como en casa. Dentro de aquel lugar, era lo único que le traía calma y le acercaba más a su familia. La zona de lujo, le recordaba a su abuelo. En vida le contaba muchas historias interesantes y experiencias. A sus padres que, aunque sabía que estaban bien, no sabía si se habían ocultado correctamente. También tenía a su tío por si necesitaba cualquier cosa. En esa zona no se sentía sola y sabía, a ciencia cierta, que no lo estaba.

—Buenos días Ainara, ¿Cómo estás? ¿Ya habéis contado lo ocurrido a vuestros amigos? — preguntó Tom.

—Sí tío, anoche se lo conté a Dafne y hoy al resto de compañeros — le contestó Ainara.

—¿Y cómo ha ido? ¿Qué han dicho? — se interesó Tom.

42 —Pues sinceramente no lo sé, lo están asimilando. Ya que segura-

mente sus familias han fallecido y no lo saben. Solo me han dicho que necesitan tiempo, pruebas para entender que es verdad. No es que desconfíen de mí, por lo menos ni Dafne, ni Rubio. Lo que pasa es que es una historia bastante extraña — se sinceró Ainara.

—Bueno, no pasa nada, dales el tiempo. Sus mentes tienen que asimilar que es lo que está pasando realmente — dijo Tom.

—Sí, es lo que necesitan ahora mismo — dijo Ainara.

—Es normal que no quieran aceptar, que sus familias y amigos seguramente hayan fallecido. Acuérdate que mañana viene Thais a mirarte la pierna. Te dejo reposar. Cualquier cosa me llamas — dijo Tom.

—Sí, gracias tío Tom — contestó Ainara.

Las horas pasaban, se le hacían eternas. Ainara, tenía ganas de ver y estar con sus amigos. Pero, por otra parte, no podía sacarse de la cabeza que necesitaban tiempo sin ella, para pensar y asimilar todo. Al final, decidió echarse la siesta para que se le pasará el tiempo más rápido. Sólo tenía una cosa clara, solamente iba a hacer reposo un único día más.

Al cabo de las horas, llegaron los amigos con apenas novedades. Habían saqueado la farmacia y habían cogido la medicación necesaria. También habían mirado por los alrededores. Encontraron todas las casas vacías, pero en dos de ellas, se notaba que habían preparado equipaje para marcharse. Al igual los que vivían en esos lugares se salvaron, pensaban los chicos.

Cenaron algo caliente y se fueron a descansar. Con el propósito de que, al amanecer, tenían que comenzar a buscar y encontrar a alguien. Costará lo que costará. Tenían que localizar a alguien vivo. Lo necesitaban, para tener esperanza y asimilar mejor la realidad.

Al día siguiente amaneció y Ainara tenía cita médica, ya no hacía falta ocultarlo. Pero sí esconderse, para que no vieran a la Doctora Thais.

—¿Qué planes tenéis para hoy? En cuanto acaben las curas, me incorporaré con vosotros donde me digáis — dijo Ainara

—Pues vamos a ir todos a la casa de Sam. A ver si conseguimos abrirla. Si tenemos suerte habrá alguien vivo en el interior. Cuando finalices tus curas, vente princesa — respondió Rubio.

Ainara se puso bastante vergonzosa por el comentario de Rubio. Pero aun asi le siguió el juego

—Perfecto, nos vemos en un rato príncipe — dijo Ainara.

De inmediato Ainara se dirigió, sin necesidad de ocultarse por el camino, hacia la zona de lujo. Cuando llegó abajo, le extrañó que su tío 43 no saliera a saludar. Pero no le dio mayor importancia. Aprovechó para rebuscar en los lugares que no lo habían hecho, mientras esperaba a Thais.

De repente sonó un teléfono móvil, al no obtener respuesta volvió a sonar. Tenían mucha insistencia, no dejaba de sonar. Ainara optó por descolgar y mantenerse en silencio solamente escuchando.

—Hola Tom, solo avisarte que estamos preparándonos para regresar. Llegamos hoy — y colgaron el teléfono de inmediato.

La voz le resultaba muy familiar. Llegó a creer que era su Madre. Pero descartó rápidamente esa idea. Si Alice no podía comunicarse con el tío desde el bunker papá y mamá, seguramente, tampoco podrían hacerlo.

Luego pensó... Al igual era Thais que venía acompañada. Decidió reposar un poco, esperando tener compañía para preguntar. A las dos horas apareció Tom.

Llegó bastante desesperado, diciendo que en dos días llovería. Teníamos que prevenirnos, prepararnos y advertir a los que quedarán vivos.

—¿Cómo? Ya vamos cuenta atrás, tenemos que agilizar todo. Sobre todo, encontrar a alguien vivo. Por cierto, tío, te ha llamado alguien con mucha insistencia. Al final lo he cogido yo. Decía que venían para aquí. Que llegaban hoy — dijo Ainara.

Después de explicarle la llamada, fue como si se detuviera el tiempo. Al reaccionar…Tom le dijo, que efectivamente lo más seguro era que fueran sus padres. Al enterarse de la previsión de lluvia habrían adelantado el regreso.

—¿Pero cómo tío? ¿Papá y mamá también están metidos en algo de esto? Pero si dijiste que estaban en un lugar seguro… — dijo Ainara.

En ese momento llegó Thais, a hacer las curas. Tom lo primero que hizo, fue advertir de la previsión de lluvia y explicarle la situación.

La pierna de Ainara estaba bastante mejor. Thais le advirtió que no realizara movimientos bruscos ya que podía empezar a sangrar nuevamente. Aún estaba muy reciente la herida.

—Pues llegado a este momento, lo mejor es que vayamos todos juntos. Quedarnos en un punto seguro, en vez de permanecer separados. Organizarnos mucho, tenemos la ventaja del tiempo. Sabemos cuándo va a llover— dijo Thais.

44 —Buena idea. Ainara, llama a tus amigos por walkie. Avísales de la

lluvia dentro de dos días. Si encuentran a alguien, que se una a ellos. Que lo traigan hasta aquí, con ellos sin falta. Yo también voy a hacer varias llamadas. Tú Thais, haz lo mismo. Advierte a los que puedas. Que vengan al instituto del pueblo, mañana sin falta — dijo Tom

—Chicos, respondan. Llegó lo esperado, pasado mañana llueve. Tirad todas las puertas abajo. Advertid y traed al colegio con vosotros, a todos los que encontréis vivos. Tenemos que permanecer todos unidos, en un lugar seguro. El tiempo se nos acaba — explicó Ainara.

Capítulo 8

Supervivientes

Llegó la noche, los chicos trajeron con ellos a diez personas que habían sobrevivido del pueblo. Entre ellos, los padres de Zoe y también a los padres y el hermano de Fran.

—Por fin, buenas noticias chicos. Me alegro que los hayáis encontrado ¡Bien! Mañana seguiremos buscando. A ver si encontramos a alguien más antes de la lluvia — dijo Ainara.

Ainara se dirigió a los diez supervivientes nuevos.

—A los nuevos, bienvenidos, enhorabuena por haber sobrevivido. El gas tóxico que ocasionó el caos, no sabemos cómo reaccionará con la lluvia. Estaba diseñado para poder controlarla, pero puede volverse mucho más tóxico al mezclarse — les explicó Ainara

—Pero ¿Cómo? No entendemos nada… — hablaban al unísono entre los diez supervivientes.

—Os ruego, por ese motivo, permanecer aquí. Mañana nos encerramos en la parte subterránea del instituto. Está preparado para quedar bien sellado — les indicó Ainara

—El gas no podrá acceder por ningún lugar. Hay espacio para todos — añadió Alice.

—Hola, soy una superviviente como todos vosotros. Os pido que mañana aprovechemos bien el día. Si sabéis de alguien más que está escondido, o queréis aseguraros de si alguien está escondido o no, les pido que lo localicen y lo traigan. O si necesitáis cualquier cosa necesaria, medicación, o lo que fuera. Mañana por la noche debemos estar preparados para el encierro. Ya no se abrirán las puertas hasta que pase todo y estemos completamente seguros — comentó la doctora Thais

Los chicos tenían dudas de si Thais era la doctora. Pero Alice se lo confirmó con gestos. Ainara quería ver a sus padres, estaba impaciente. Bajó para hablar con Tom. Él le informó a su sobrina, que sus padres acababan de llamar. Se retrasaban y llegarían a primera hora de la mañana. Al finalizar la conversación, Ainara subió de nuevo arriba. Se puso a cenar con sus compañeros, estaban conversando con los supervivientes.

No había suficientes esterillas, para dormir allí. El número de supervivientes, aumentaría al día siguiente. Tenían mucha faena, ultimar todos los detalles. Buscar a más gente y esperar a los padres de Ainara. Al finalizar la cena, se fueron a duchar por turnos y a descansar. Había sido un día agotador.

Al día siguiente. Ainara fue la primera en despertar, estaba desesperada por ver a sus padres y reencontrarse con ellos.

Corrió a preguntarle a su tío, si había novedades, si ya habían llegado. Pero en ese momento su tío no estaba, había salido.

—Hola Thais ¿Sabes algo de cuando llegan mis padres? — preguntó Ainara.

—No, tu tío se marchó hace diez minutos. Creo que ha ido a buscarles. No me dio más información. ¿Cómo están los nuevos? ¿Y la pierna? — se interesó Thais.

—Pues no lo sé, he sido la primera en despertar. La pierna bastante bien. Voy a preparar desayuno para dieciocho personas, contándote a ti. Cuando despierten les preguntaremos — dijo Ainara.

—Vale perfecto, subo en cinco minutos. Primero me arreglaré un poco y me cepillo estos pelos. Gracias Ainara — respondió Thais.

Mientras Ainara iba preparando el desayuno iban despertando poco a poco sus amigos. Decidieron esperar para desayunar a todos a la vez reunidos.

—¡Buenos días! Hoy es el día clave. La cuenta atrás comienza, tenemos que advertir y traer al mayor número de supervivientes posible — dijo Alice.

—Traed cosas necesarias y útiles, será un día bastante duro. Id en grupos, nunca solos. Repartiros bien las zonas para no repetir. Mirad también en los pueblos de alrededor si os da tiempo. En cuanto empiece a anochecer, volved aquí. Cenaremos y procederemos a aislarnos todos juntos en el sótano detrás de la puerta del oso — explicó Thais

Al finalizar el desayuno, en el colegio no quedó absolutamente nadie. Todos se organizaron para empezar la búsqueda. No podían perder el tiempo, la lluvia estaba prevista antes del amanecer. Tenían que estar preparados.

Los chicos se fueron todos juntos en grupo, Thais se unió a ellos. Empezaron el recorrido en la zona asignada durante el reparto.

—Thais, ¿Sabes algo de Tom? — preguntó Ainara.

—Cómo, ¿Quién es Tom? — preguntó Dani.

Ainara permanecía en silencio. Había hablado de más, se le escapó sin darse cuenta.

—Tom es mi padre. El tío de Ainara — dijo Alice interrumpiendo el silencio.

—¿Cómo que tu tío? ¿Dónde ha aparecido, como que no nos lo habéis contado? ¿Por qué lo ocultabas? — preguntó Rubio.

—Lo siento Rubio, hay razones para no haberlo hecho. Lo mejor es que os lo cuente con detalles él directamente, cuando volvamos al colegio al anochecer.

Las respuestas a las preguntas, no me pertenecen a mí — se disculpó Ainara.

—Está bien, pero no más ocultar información. ¿De acuerdo? — dijo Rubio.

—Si está bien. Hoy estoy a la espera, llegan mis padres. Por eso he preguntado por mi tío. Se pusieron en contacto con él y le dijeron que volverían ayer. Pero algo tuvo que suceder para retrasarlos. El caso es que aún no han regresado — se lamentó Ainara.

—Luego nos explicáis con muchos más detalles. Quién es Tom y el tema de tus padres. Sobre todo, no nos ocultéis más información de ningún tipo — dijo Zoe.

—Sí, a ver desde cuando está tu tío por aquí y nosotros sin enterarnos de nada.

¿Es la segunda persona que dijiste que no nos podías decir? — preguntó Fran.

—Sí, pero de verdad chicos, no podemos contestar ninguna pregunta sobre mi padre. Después os responderá él directamente — señaló Alice.

Todos asintieron. Se notaba que el ambiente no era bueno en el grupo después de descubrir que Ainara les ocultaba bastante información.

En la búsqueda del día todo fue silencio entre ellos.

Capítulo 9

La verdad

Volvieron a casa de Sam. Tenían que abrirla sí o sí. Tenían que acceder dentro, costara lo que costara.

Una vez llegaron, rodearon la casa para así conseguir acceder desde cualquier lugar. Estaba todo cerrado herméticamente y a conciencia. Ainara estaba intentando acceder por la puerta de la cocina, cuando de repente vio aparecer a Sam tras la puerta.

—Sam, por favor. Tenemos que hablar, es urgente. Por ahora es seguro que salgas al exterior. Mira estamos todos y no nos ocurre nada. El exterior por ahora es seguro. — le dijo Ainara.

—Está bien, venid por la puerta de atrás. Voy a abrir y me explicáis lo que sabéis. — dijo Sam.

Ainara fue avisando a sus compañeros, mientras se dirigían por la puerta trasera. Sam estaba vivo. Pero él seguía desconfiando que fuera seguro salir o abrir cualquier acceso con el exterior.

—Chicos, ¿De verdad es seguro el aire del exterior? — preguntó Sam.

—Tranquilo Sam. Todos estamos fuera y no nos sucede nada extraño. Tenemos que hablar urgentemente — le dijo Dafne.

Sam fue a la puerta y con mucha precaución abrió. Rápidamente les dejo acceder al interior y cerró nuevamente.

—Venimos a advertirte. Lo peor, posiblemente, está por llegar. Esta noche en cuanto empiece a llover, seguramente, el gas se volverá mucho más tóxico que la otra vez. Estamos organizando un encierro de todos los supervivientes juntos en la parte subterránea del colegio. Es una zona que puede permanecer bien aislada y con todo lo necesario, para sobrevivir durante un año — relató Ainara.

—¿Lo peor está por llegar? Tuvimos que encerrarnos, cubrir toda la casa para evitar la entrada de gas. Sin previo aviso ni ninguna información. ¿Y el gobierno que hace? Lo único que hace es taparlo todo. — comentó Sam.

—Sam. ¿Cómo sabes que el gobierno está detrás de todo esto? — preguntó Dafne.

Los chicos estaban alucinados, no perdían detalle de absolutamente nada.

—Muy fácil. Por mi ventana, lo he visto todo. La gente del exterior no podía hacer nada, ya era tarde para ellos. Y la impotencia de no poder ayudar, ni salvar a la gente, no poder hacer absolutamente nada. Por suerte grabé todo el suceso con mi cámara. Sobre todo, cómo se llevaban los cuerpos, para que algún día si siguen vivos, paguen los responsables de este caos — explicó Sam.

Fran y Zoe dejaron de desconfiar completamente. Habían encontrado la manera de creer todo lo que sucedía. Pruebas de absolutamente todo.

—Sam, ¡Vente con nosotros a aislarte y trae todas las pruebas! Conseguiremos enviarlas donde tengamos que hacerlo, para que se haga justicia. Te lo aseguro — dijo Thais.

—Está bien, me quedo cogiendo las cosas necesarias. Todas las pruebas y avisaré a mis padres que están arriba, que se preparen. Al anochecer nos vemos en el instituto. Gracias, chicos por venir a buscarnos y no desistir. Ayer os vi por aquí rondando, pero me oculté. Hoy al haber regresado y ver a Ainara, me asomé — dijo Sam.

—¡De nada! Sobre todo, Sam, trae las pruebas. No te olvides de ninguna. Nos vemos al anochecer — dijo Ainara.

Sam era muy amigo de Ainara. Siempre le había gustado Dafne, aunque nunca había sido correspondido los tres eran muy buenos amigos.

Siguieron el recorrido. Pero perdieron la mayoría del día en casa de Sam. Ya estaba empezando a anochecer y regresaron al colegio. Los chicos, no habían podido salvar a nadie más. Pero al llegar al colegio se llevaron una gran alegría. No paraba de llegar gente. Ainara, se fue directamente hacia la zona subterránea. Estaba en busca de sus padres, tenía muchas ganas de verlos.

—¡Papá! ¡Mamá! ¡Qué alegría veros! ¿Dónde estabais? ¿Estáis bien? — les preguntó Ainara.

Se fundieron en un gran abrazo los tres, sin contestar ninguna de sus preguntas.

—No hay tiempo que perder. Tenemos que proceder al encierro antes que empiece a llover — dijo Tom.

—Tío, antes de nada, una cosa. Mis amigos quieren saber quién eres. No quieren más mentiras ni ocultación de información sobre la situación— dijo Ainara.

50 —Está bien. Vamos a ello — dijo Tom

Tom, Ainara y sus padres se dirigieron hacia el comedor, con el resto de supervivientes, para proceder a organizar el encierro.

Se quedaron asombrados, al ver que se habían reunido unas setenta personas, aproximadamente, en total. La búsqueda había ido mejor de lo que se imaginaban.

—Hola, bienvenidos todos. Cualquier duda yo os la responderé. Vamos a proceder a realizar el encierro para no perder más tiempo. Una vez finalizado y todo organizado realizaremos una reunión sumamente importante — les dijo a todos Tom

Todos procedieron a hacer una fila e iban accediendo, de diez en diez, por la puerta del oso.

Tom y Lucas, el padre de Ainara, iban abriendo puertas secretas a su paso y ganando el espacio necesario para todos los supervivientes.

Ainara y sus amigos, que ayudaban a la organización, estaban alucinados.

Como de amplia podía ser esa zona, con todo lujo de detalles. Era inmenso.

—El abuelo lo supo montar bien en su día, no le falta detalle. Vosotros dos habéis sabido conservarlo en perfecto estado — dijo Alice.

—Por cierto, mi compañero de clase Sam, tiene videos y pruebas que ha recopilado desde su casa durante el suceso. Nos vendrá genial para que todo salga a la luz. ¿Sabéis dónde y cómo enviarlo? Que pague quien tenga que pagar — dijo Ainara.

A Tom le cambió el gesto de la cara por completo y cortó la conversación tajante.

—Ainara, ahora a lo que estamos — le conminó Tom.

Ainara dejó el tema aplazado. Lo importante era seguir bien la organización y cerrar ese lugar por completo lo antes posible. Al cabo de las tres horas ya todo estaba organizado.

Procedieron a cerrar el lugar por completo. Tenían máquinas de oxígeno suficiente para poder estar todos allí abajo el tiempo que fuera necesario.

—Alice, Ainara, organizad una reunión en el salón, dentro de media hora. Es muy importante que no falte nadie. Nosotros vamos a prepararnos — dijo Lucas.

—Alice, ¿Qué tiene que ver mi padre con todo esto? ¿Por qué se tiene que organizar él también? Cada vez entiendo menos lo que está pasando — dijo Ainara.

—Pues sí, toda la razón prima. Tendremos que esperar a la reunión. A ver si nos aclaran las dudas y dejemos de mal pensar — dijo Alice.

Llegó el instante de la reunión, las dos primas se fueron con sus amigos. En el mismo grupo se les unió Sam también. Estaban bastante impacientes por toda la información que les iban a dar en ese momento.

En ese momento salió Tom a hablar con todos los supervivientes.

—Hola, bienvenidos al hogar de mi familia. Estos días también será vuestro hogar. Os presento a Lucas, mi hermano; Lucía, mi cuñada y Thais, mi amiga. En cualquier cosa que os podamos ayudar aquí estamos a vuestra completa disposición — dijo Tom.

—Bueno, sin más rodeos, empezamos, con lo que de verdad interesa. Yo soy periodista. Quería publicar la noticia antes de que sucediera para advertir a la población. Así conseguiría que el gobierno frenará, cuando Tom me lo mencionó. — dijo Lucia.

Estaban todos completamente atentos a la información que les estaban proporcionando.

—Pero me mantuvieron callada. No es de extrañar viniendo de ellos. Así que tuve que esconderme un tiempo mientras preparaba mi artículo. Con tan mala suerte que el suceso que generó en caos se adelantó de la fecha que yo tenía previsto que pasaría — dijo Lucía.

—Así es, yo tengo amigos en la política. Quise corroborar la información. Lo hice. Era una información cierta pero no conseguí las pruebas necesarias — dijo Lucas.

—Soy astrónomo de la Nasa. El gobierno estaba haciendo un proyecto para poder controlar la lluvia. Bastante imposible con tan poco tiempo. Estaban generando un gas que la bloquearía. Yo estaba en contra, pero, realmente, la única manera real de prevenirlo, era ayudándoles. Pero sucedió lo inesperado: el gas tóxico fue imposible retenerlo. Salió al exterior por una fuga y se produjo el caos — explicó Tom.

Thais se preparaba también para explicar su versión de los hechos. Estaba bastante nerviosa de hablar delante de tanta gente.

—Yo soy doctora y química. Cuando Tom me comentó lo que tenían pensado hacer con el gas para controlar la lluvia también me dijo que seguramente no iba a salir bien y que pensaba que se volvería un gas muy tóxico. Le pedí una muestra de ese componente para analizarlo. Quería buscar una solución en el caso de llegar a lo que ha pasado. Me faltó tiempo y medios suficientes para ayudar a toda la población, tratarla contra el gas respirado y así poder sanarla. Casi lo tenía — se lamentó Thais.

—Ahora tenemos que estar prevenidos, doblemente, ya que, al haber sido diseñado para el control de la lluvia, en el momento que llueva no sabemos cómo puede reaccionar nuevamente el gas — añadió Tom.

Todos se quedaron en silencio, digiriendo toda la información recibida. Al finalizar la reunión cada uno fue a su lugar asignado para descansar. No sabían cuantos días tendrían que permanecer encerrados.

Los chicos escogieron estar los ocho juntos, en el mismo lugar. A Alice y Ainara les dieron la opción de tener una habitación para ellas solas, pero se negaron. El grupo siempre debía permanecer unido. Su habitación estaba bastante cerca de la biblioteca.

—Ahora entiendo porque no podías contarnos toda la realidad. Está toda tu familia involucrada de una manera u otra — dijo Dani.

—Dani, por favor, es una situación bastante complicada. Ainara y Alice te puedo asegurar que hasta la noche que pasaron aquí solas no empezaron a tener información — las defendió Dafne.

—Correcto, después nos iban informando. Cuando nos encontrábamos un rato a solas — dijo Alice

—Llegado a este punto creo que lo adecuado es que vaya a buscar a mis padres, Thais y Tom para organizar qué es lo que podemos hacer con las pruebas de Sam para hacer justicia — dijo Ainara.

—Sí, me parece buena idea. Antes no nos habían hecho mucho caso sobre el tema. — dijo Alice.

Todos asintieron. Ainara se fue directamente a buscarles. Cuando llegó a la habitación, les encontró conversando, parecía que estaban discutiendo sobre algo.

Decidió quedarse un momento detrás de la puerta en completo silencio antes de acceder al interior e interrumpir a los cuatro adultos.

Capítulo 10

Secretos de familia

—Sabíamos que esto podía suceder al soltar el gas. Era una prueba — dijo Lucas.

—¿Sabíamos? Eso se tenía que evitar como fuera — dijo Lucía

—Cierto, sabíamos, pero no hasta este punto. Han sobrevivido setenta personas nada más, aparte de nosotros. Me dijiste que ibais a avisar a la población para que se encerrará por lo que pudiera llegar a pasar— dijo Tom.

—Lo tenía todo preparado para publicarlo y avisar a la gente. Quería prevenir a la gente a través de los medios de comunicación. No me dejaste advertir a nadie — dijo Lucía

—¿Pero cómo Tom? ¿Lucas tiene algo que ver con esto? ¿Es responsable de lo sucedido? — dijo Thais.

A Lucas le cambió la cara, con el comentario de Thais.

—Sí, así es. Es uno de los mayores responsables de la evaporación del gas tóxico. Aunque no directamente, él lo sabía todo. Pudo prevenirlo con una sola orden suya. — añadió Tom.

Ainara se quedó sin palabras por lo que acababa de escuchar. Su padre era uno de los mayores responsables del caos originado por el gas tóxico. Decidió no entrar, regresar con sus compañeros y explicarles con detalles todo lo que había escuchado tras la puerta.

Los chicos escucharon atentamente. Le dieron las gracias a Ainara por no ocultar más secretos. Decidieron acostarse e intentar descansar, para pensarlo todo con la mente mucho más despejada al día siguiente.

A la mañana siguiente, por suerte consiguieron descansar un poco.

—¡Buenos días, chicos! Después de la bomba que soltó anoche Ainara creo que lo mejor es hablar con Thais y mi padre — dijo Alice.

—Buena idea, creo que son los más neutrales. Además, Thais se quedó bastante sorprendida cuando se enteró ayer que mi padre es uno de los responsables… Parece surrealista — comentó Ainara

Los chicos decidieron organizarse. Sam y Alice se fueron a hablar con los padres de Ainara para entretenerlos con el tema de las pruebas. Así tener vía libre con Tom y Thais.

Le dijeron a Lucía y Lucas que las pruebas se las olvidó Sam en su casa, al salir con tanta prisa. ¿En qué consistían? Les explicaron que, en grabaciones, fotos y que en cuanto pudieran salir lo primero que haría sería ir a buscarlas, para que se hiciera justicia.

Por otro lado, los chicos de fueron a hablar con Tom y Thais.

—Buenos días, tío, Thais. Ayer me enteré de todo desde atrás de la puerta. Supe que mi padre es uno de los mayores responsables del suceso y ya no confío en él — dijo Ainara.

—Ainara ¿Te han visto venir? — pregunto Thais.

—No, Alice y Sam están entreteniéndolos. Quiero saber qué tenemos que hacer con las pruebas de Sam. Sin que se entere nadie más que se haga justicia y paguen con cárcel los responsables — dijo Ainara.

—Lo siento Ainara, que te hayas enterado de esta manera tan cobarde. Confiaba que algún día tu padre te lo contaría él mismo — dijo Tom.

—Bueno, lo mejor es que con los sistemas de comunicación que tiene tu tío en la habitación, detrás de la biblioteca, intente contactar con alguien del exterior que sea completamente de fiar. Así averiguamos cómo está afectando la lluvia y empezaremos los trámites de denuncia — dijo Thais.

—¿Con quién? Llegados a este punto, no podemos confiar en nadie — añadió Tom.

Estuvieron un buen rato pensando a quién podían contactar. Que guardara el secreto y hiciera justicia.

—Si quieres, tengo una compañera de nombre Pam. Se decantó por científica, se fue a estudiar y trabajar en el extranjero. Cuando sucedió el caos le pregunté cómo estaban y me dijo que allí no había sucedido nada extraño. Creo que es la persona adecuada para poder hacer justicia — dijo Thais.

A todos los chicos y a Tom les pareció correcto comunicarse con Pam. Si Thais confiaba en ella, los demás también.

Tenían que hacer que Tom y Thais pudieran cruzar la biblioteca sin que nadie les viera. Pero iba a ser bien difícil con tanta gente.

—Pero tío. ¿Papá, también conocerá la sala oculta de la biblioteca? — dijo Ainara

—No, tu padre no lo conoce. Este lugar lo creó el abuelo, pero yo lo he ido conservando y ampliando. Tu padre nunca quería bajar aquí abajo. Es más, creo que nunca accedió ni sabía el lugar exacto donde estaba situado —le relató Tom.

El resto del día pasó con normalidad. Estuvieron encerrados, sin información ninguna del exterior. Se relacionaron entre todos y compartieron juegos y vivencias. No les faltaba absolutamente nada en esa mansión de lujo.

Una vez dormidos todos, Tom les avisó para vigilar la zona. Así podrían acceder tranquilos a la zona y buscar la manera de comunicarse con el exterior. No era capaz de hacerlo y les hizo buscar a Thais para saber qué era lo que estaba haciendo mal.

—Ya está chicos, ya hemos conseguido enviar el mensaje. Cuando pueda escaparme, volveré a ver si nos han contestado. A partir de allí empezaremos.

Ahora todos a descansar para que nadie sospeche — dijo Tom.

Todos se fueron a descansar, había sido un día bastante tranquilo. Pero aun así estaban igual de agotados que cualquier otro día.

Al día siguiente llegó la hora de comer. Estaban todos reunidos en el comedor. Todos menos Thais y Tom. Los chicos pensaban que estarían detrás de la biblioteca, averiguando si habían recibido respuesta de Pam.

Estaban a punto de finalizar la comida, aún no habían regresado. Ainara planeó la fuga para ir a advertirles. Justo cuando iba de camino, apareció su padre.

—Hola Ainara, llevamos tiempo sin hablar. ¿Cómo va todo? Espero que podamos salir pronto de aquí, volver a nuestra vida normal — dijo Lucas.

—Hola papá. Sí, eso espero: volver a la normalidad, despertar de esta pesadilla con fallecidos que estamos viviendo desde el día del caos — dijo Ainara.

—Por cierto, Ainara, ¿Dónde vas, ya has comido? — le preguntó Lucas.

—Sí, ya he comido. — dijo Ainara

Justo en aquel momento aparecieron Thais y Tom. Ya no hacía falta que Ainara les advirtiera que la comida estaba a punto de acabar.

—¿Qué haces aquí Lucas? ¿Vamos a hacer el café? — preguntó Tom.

—Si vamos. Por cierto… ¿Thais, tú y mi hermano sois pareja, a que sí? — dijo Lucas.

A Thais le dio un poco de vergüenza ese tipo de comentario, llevaba 56 bastantes años detrás de Tom y habían tenido algunos encuentros ocasionales.

Mientras se iban alejando, la conversación se escuchaba cada vez más lejana. Ainara fue a comprobar que la biblioteca quedara bien cerrada. Por la tarde decidieron jugar entre todos a varios juegos: balón prisionero, estira la cuerda, pica pared, parchís, domino…

Ainara aprovechó para reunirse con su tío, nuevamente. Le dijo a Alice y Sam que le acompañarán.

—Hola tío. Él es Sam el chico del que te hablé. Tiene todas las grabaciones y pruebas necesarias para denunciar lo sucedido — comentó Ainara.

—Hola Sam. Debes entregarnos todas las pruebas lo antes posible. He de informaros que hemos conseguido contactar con el exterior y que Pam nos va a ayudar en todo. Buscará la información necesaria desde el exterior — explicó Tom.

—Allí no ha llegado el gas tóxico, no se sabe la expansión que ha tenido ya que lo mantienen en secreto. Buscará la información y junto con su marido que es juez harán que se haga justicia — añadió Thais.

—Y también averiguaran si es seguro, después de la lluvia, que salgamos al exterior. En cuanto lo sepan nos lo dirán — añadió Tom.

El resto del día transcurrió con normalidad y al llegar la noche todos se fueron a descansar. Todos menos Zoe, Fran y Tom. Se organizaron para ir rotando la vigilancia.

Como Pam vivía en el extranjero, cuando aquí era la hora de dormir, allí era la hora de la comida. Querían saber si ya les había mandado más información. Efectivamente lo hizo y les dijo que todo apuntaba a que con la lluvia el gas no se había vuelto tóxico otra vez y por lo tanto la amenaza se habría acabado. Estaban acabando de comprobar la toxicidad del oxígeno en la zona después de la lluvia, pero en principio el exterior parecía un lugar completamente seguro.

Respecto a las pruebas, les confirmó que le habían llegado, que cuando llegara su marido empezarían a planear la forma de hacer justicia. Eran muy impactantes los vídeos.

Los chicos se fueron a descansar y a esperar más noticias.

Capítulo 11

Sed de justicia

Al día siguiente. Llegó la hora de comer, fueron Thais, Alice y Ainara las que accedieron a la zona de la biblioteca, a Tom le fue imposible ir. Su hermano Lucas no se le despegaba en todo el día.

—¿Ya sabremos hacerlo entre las tres? — dijo Ainara.

—Seguro que sí, tranquila. Si he podido comunicarme desde el bunker también puedo comunicarme desde aquí — dijo Alice.

Miraron el correo rápidamente y efectivamente les habían contestado.

—Hola Thais, decirte que efectivamente vamos a hacer justicia. Ya hemos puesto el caso en manos de un abogado de máxima confianza. Dice que es completamente factible, hará que todos los responsables paguen y exigirá que el juez que dictamine el caso sea mi marido. Respecto al gas, después de la lluvia aún seguimos esperando los resultados. Nos han dicho que, en menos de veinticuatro horas, lo sabremos — escribió Pam.

—Al fin buenas noticias. Tendremos que esperar a mañana — comunicó Thais.

Cuando regresaron a comer, la mayoría ya estaba con el postre. Lucas seguía pegado a Tom, parecía su sombra. Llegado ese momento. Ainara decidió que tenía que hablar con su madre. Era la única que podía decirle realmente todo lo que pasó previamente al suceso, respecto a su padre, ya que él no se lo iba a decir aún.

—Hola mamá ¿Podemos hablar en mi habitación? — dijo Ainara.

—Sí, claro que sí. Te noto preocupada ¿Todo bien Ainara? — le preguntó Lucía.

Cuando llegaron a la habitación de los chicos, estaban solas madre e hija. Lucia solo miraba a Ainara con cara de preocupación.

—Mamá, el otro día lo escuché todo desde detrás de la puerta. Escuché como dijiste que te hicieron no publicarlo para advertir a la población antes del suceso. Escuché a papá que es uno de los mayores responsables — dijo Ainara.

—¿Como? ¿Ainara desde cuándo se escucha detrás de las puertas?

Pero hiciste bien en no entrar. Sobre todo, que tú padre no se entere de nada de esto, tú no tenías que enterarte de nada — dijo Lucía.

—Sí mamá, esa es la idea. No vayas a decirle nada a papá de lo que hablemos en esta habitación — dijo Ainara.

—Sí, sí tranquila. Por ti soy capaz de cualquier cosa — respondió Lucía.

—Mamá, cuéntame la verdad. ¿Qué sabías? ¿Porque te hicieron permanecer callada? — preguntó Ainara.

—Cuando ya tenía la noticia lista para publicar tu padre decidió que nos marchábamos. No me dejó publicarla de ninguna manera. En aquel momento, yo aún no sabía que él era responsable. Cuando se produjo el desastre yo estaba súper preocupada por ti. Hasta que Tom, nos dijo que estabas segura. Estaba de los nervios — contó Lucía.

—Pero mamá ¿Por qué te callaste? Tenías que haberlo publicado igualmente. Ha muerto mucha gente inocente — recordó Ainara.

—Lo siento Ainara, de verdad. Tienes razón. Estoy muy arrepentida, pero ya no se puede remediar. Con tu padre, desde ese instante, estamos teniendo una relación mínima. No me cabe en la cabeza que él sea uno de los principales culpables, sin yo saberlo — se lamentó Lucía.

Después de casi toda la tarde hablando, Ainara ya estaba más tranquila. Había podido aclarar las cosas con su madre. Sabía que ella lo único que había hecho mal era no advertir a la gente. Pero que había un motivo por el cual no lo hizo.

No paraba de pensar, si de verdad su padre había sido capaz de tener la cabeza tan fría. Como para haber hecho que ocurriera todo eso, ocultarlo y ocultarse, hasta ahora que ha regresado ¿Y porque había regresado?

Volvía a anochecer. Apenas se veía sí había sol o no. La única iluminación exterior era una claraboya fija que no se podía abrir por más que quisieras situada en la sala principal.

Los chicos se fueron a su habitación. Se pusieron al día de lo ocurrido. Ainara les contó que había hablado con su madre, que por la noche mirarían si Pam había dicho algo más.

El turno de vigilancia esa noche le tocaba a Dani y Dafne.

—Chicos vamos, ya están todos durmiendo — dijo Tom

—Sí, perfecto. No perdamos tiempo — dijo Dani

Mientras estaban cubriendo las entradas para no ser descubiertos.

Tom accedió a la habitación de la biblioteca. Justo en el instante que estaba leyendo la respuesta se escucharon pasos.

—Tom, sal de ahí rápido. Viene alguien — advirtió en voz baja Dafne.

—Recibido, necesito algo más de tiempo. Entretened a quien sea, que no se acerque — pidió Tom.

— Lo intentaremos. No tardes en salir — pidió Dafne.

En ese preciso momento, mientras Dafne se dirigía hacia Dani, llegó alguien. Tenían que entretener a quien fuera para que no accediera a la biblioteca. No se les ocurrió otra cosa que besarse mientras se abrazaban, para disimular.

—¿Qué hacéis aquí besándose? ¿Desde cuándo sois pareja? — dijo Thais.

—¡Qué susto Thais! Venía alguien, teníamos que ganar tiempo. No sabíamos que eras tú — dijo Dafne

—Por mi podéis seguir practicando…. Así cuando de verdad venga alguien se os dará mucho mejor. Por cierto, hacéis una bonita pareja — bromeó Thais.

Se rieron en voz baja. Qué vergüenza sentían Dani y Dafne por aquel primer beso en una situación inesperada e improvisada.

—Voy a ver a Tom. Habrá novedades, seguro. No he visto a nadie despierto.

Hay vía libre. Pero aun así dejad los besos para otro momento. Ahora concentrados en vigilar bien — les pidió Thais.

Thais se dirigió a ver a Tom. Los chicos recuperaron su puesto de vigilancia.

No paraban de echar miradas y risas nerviosas. Dani hacía la gracia echando besitos al aire, para quitarle tensión al ambiente.

—Hola Tom, vía libre. ¿Qué han contestado? — preguntó Thais.

—Pues el resultado de los análisis del aire es que el gas tóxico ha desaparecido gracias a la lluvia, así que podemos salir y entrar siempre que queramos. No hay peligro. Respecto a mi hermano Lucas, no sé si es buena idea hacer pública la información. Seguramente aprovecharía para huir — comentó Tom.

—Y de hacer justicia ¿Cómo va el trámite? — preguntó Thais.

—Pues dicen que está muy avanzado, con la ayuda del abogado. El marido de Pam es cuestión de días que haga justicia — dijo Tom

Por fin salían las cosas correctamente, como tenían que salir. Podían ser libres sin peligro de ningún gas tóxico para el control de la lluvia.

Y se iba a hacer justicia.

Tom y Thais se fueron a descansar, les dijeron a Dafne y Dani que irían a la hora del almuerzo a la habitación para una reunión muy importante. Que avisaran a los chicos.

Al regresar a la habitación estaban todos los compañeros dormidos. Dani no dudó ni un instante y le dio un abrazo y un beso de buenas noches a Dafne. Ella le siguió el juego y terminaron durmiendo en la misma cama los dos abrazados. Juntos.

Capítulo 12

Por fin libres

A la mañana siguiente. Se acercaba la hora del almuerzo. Tom y Thais se dirigían a la habitación de los chicos. De repente se cruzaron con Lucia. Ellos no sabían cómo actuar con ella, no dejaba de ser la esposa de Lucas.

—Hola Tom, Thais ¿Venís a almorzar? — les saludó Lucía.

—Hola, pues si, ahora iremos. Primero tenemos que ir a ver a los chicos — respondió Thais.

—Os acompaño y después vamos a desayunar todos — dijo Lucía.

No les quedó otra que llevarla con ellos, pero tendrían que controlar lo que decían, no podían acabar de fiarse de ella. Al entrar en la habitación, todos estaban despiertos y bastante asombrados de ver a Dani y Dafne por fin juntos.

—Hola chicos, Lucía ha decidido venir con nosotros a buscaros ¿Vamos a almorzar? — dijo Tom.

Algo quería contar Tom, pero no delante de Lucía. Ainara se percató de que estaban cohibidos y no podían soltar la información.

—Tío Tom, ayer tuve una charla con mi madre. Está de nuestro lado. Puedes hablar claro delante de ella, tranquilo — dijo Ainara.

Todos se quedaron bastante sorprendidos de la situación.

—Bueno si tú lo dices, en ti si confío. Os cuento: el exterior ya es seguro. El estudio ha asegurado que el gas tóxico ya ha desaparecido completamente del aire. Respecto a las pruebas para hacer justicia, se está agilizando mucho. Es cuestión de días con las pruebas que le hemos proporcionado al abogado y al juez — dijo Tom.

—Lo que no sabemos es qué hacer respecto a tu padre. Si no decir nada de que ya es seguro estar en el exterior y permanecer encerrados hasta que vengan a por él o si hacerlo público y abrir las puertas. En este caso seguramente aprovechará y escapara de nuevo — añadió Thais.

Los chicos escucharon atentamente, todo lo que les dijeron. Y dieron su opinión de la situación.

—Lo primero, es lo primero. Si ya es seguro estar en el exterior no tiene sentido que sigamos aquí encerrados — dijo Rubio

—Pues si, toda la razón. Pero también necesitamos justicia. ¿Y si escapa? — añadió Dani.

—Yo ya no quiero estar más encerrada sin necesidad — dijo Zoe.

—Yo quiero poder salir para buscar a mis padres. Estar con ellos, o poder despedirme de ellos como realmente se merecen — dijo Dafne entre sollozos.

—Yo aquí tengo a mis padres y a mi hermano. Así que me da igual si tenemos que estar más días encerrados. Lo principal es que paguen por todo lo que han hecho — opinó Fran.

Seguían dando opiniones hasta que Lucia les interrumpió educadamente.

—Chicos, siendo sinceros, soy la que mejor conoce a Lucas, después de Tom. En cuanto le llegue la información que ya se puede salir, que no hay peligro, huirá. Aunque sigamos encerrados, en cualquier momento se enterará de alguna manera.

No vale la pena ocultarlo — dijo Lucía.

—Pues sí, tiene razón mi tía. Si ha huido una vez, volverá a hacerlo en cuanto se entere que ya se puede salir. Y ya ni pensar, cuando se entere que faltan días para resolver el caso y así hacer justicia — añadió Alice.

—Yo ya no sé qué pensar. Sinceramente, no pensaba que mi padre fuera capaz de algo así. Prefiero mantenerme al margen, os apoyo en lo que decidáis. Quiero involucrarme lo justo en la decisión — dijo Ainara.

Seguidamente se fueron a almorzar con el resto de supervivientes.

Lucas puso cara de sorprendido al ver entrar a todos a la vez en el comedor. Se dirigió a Tom para sacarle información de que era lo que estaban hablando, pero no le sirvió de nada.

Todos tenían cara de pensativos. Lucas cada vez sospechaba más que algo sucedía. Al finalizar el almuerzo se dirigió directamente a la habitación que compartía con Lucia. Para esperar su llegada y hablar con ella.

Thais lo vio entrar en la habitación, con una mirada bastante desesperada. Fue a avisar al resto del grupo. Tenían que actuar como si no sucediera nada. Pero llegado a ese punto era bastante complicado. Lucia, se esperó diez minutos antes de entrar para encontrarlo más calmado.

Se dispuso a entrar. La habitación consistía en dos camas individuales. Se lo encontró de frente, sentado en los pies de la cama de Lucia.

—¿Se puede saber qué haces en mi cama, no sabes respetar mi espacio? — dijo Lucía.

—No me vengas con cuentos, dime qué está pasando. ¿Qué es lo que me estáis ocultando? — dijo Lucas.

—¿Por qué me lo preguntas a mí? Mi confianza en ti se acabó en el momento que me obligaste a no publicar mi artículo para poder avisar a la población de todo lo que podía suceder. Y cuando me engañaste todo este tiempo haciéndome creer que tu no tenías nada que ver. Eres uno de los principales culpables. No te debo nada — dijo Lucía

Después de varios chillidos, de repente se escuchó un golpe desde el pasillo. Provenía del interior de la habitación. En ese mismo instante, Ainara abrió la puerta y entró velozmente a pedir explicaciones a su padre.

En ese instante, fuera de la habitación.

—Chicos, no perdáis tiempo. Id a decirle a todo el mundo que el peligro ya se ha acabado. El gas tóxico ya ha desaparecido gracias a la lluvia. El exterior ya es seguro y ya se puede salir. Tom, tú ves a abrir las puertas — le pidió Thais.

—¡Reunión urgente en el salón! ¡Reunión urgente en el salón! — gritaban los chicos por todo el lugar.

Los chicos, explicaron que las puertas estaban abiertas. Podían salir ya, volver a sus vidas habituales. Ya no había ningún peligro de intoxicación gracias a la lluvia.

Empezaron a coordinarse, para ayudar en caso necesario, a quien lo necesitase para regresar a sus hogares. Excepto Rubio.

Él regresó al lugar donde dejó a Ainara. Estaba intranquilo dejándola sola ante un posible peligro. Quería permanecer cerca de ella. Thais, ya están evacuando el lugar.

—¿Cómo está Ainara? ¿Ha sucedido algo extraño? — preguntó Rubio.

—No, todo parece normal desde aquí fuera — contestó Thais.

De repente salió Lucia de la habitación, parecía bastante disgustada.

—Gracias Thais, por estar pendiente. Ainara me ha dicho que saliera, que quería conversar con su padre a solas. No me ha dejado quedarme de ninguna manera.

Me preocupa mucho — dijo Lucía.

64 —Bueno, tranquila. Estamos aquí fuera, si nos necesita. Ainara es

muy madura, sabe bien lo que hace. No dejan de ser padre e hija. Se entenderán — dijo Rubio.

Ainara y Lucas en el interior de la habitación comenzaron a conversar. Ainara estaba bastante disgustada, enfadada y nerviosa.

—Ahora que estamos solos quiero que me cuentes absolutamente toda la verdad.

No quiero más mentiras ni que me ocultes nada — dijo Ainara.

—Está bien Ainara, a ti no te puedo mentir. Siéntate, te lo contaré absolutamente todo. Eres lo más importante para mí — le respondió Lucas.

—Dime ¿Porque eres el principal culpable de todo lo sucedido? — dijo Ainara.

—Lo siento, Ainara. Yo en realidad soy parte de un equipo de seguridad secreto del gobierno. Por eso nadie lo sabía, era información que nadie podía saber. Ni siquiera tú — contó Lucas.

—¿Cómo permitiste que sucediera todo lo ocurrido, sin detenerlo previamente? — le preguntó muy seria Ainara.

—Pues sinceramente, no lo sé. Creo que me metí demasiado en el papel. No supe a tiempo distinguir lo que estaba bien de lo que estaba mal y así poder detenerlo a tiempo. Más o menos como cuando haces tus videos para Tik Tok y pierdes la realidad con tu papel. Te vuelvo a pedir perdón. Lo siento Ainara —dijo Lucas.

—Papá, ¿Tú te das cuenta que casi me intoxico, yo también el día del caos en el instituto? Por cosas del destino llegué aquí abajo, el tío me cuidaba sin saberlo. Si no a mí también me hubiera afectado tu gas tóxico, hubiese acabado como el montón de personas que no supieron protegerse adecuadamente — dijo Ainara.

—Sí, lo sé. De verdad que no era lo esperado — dijo Lucas.

—¿Qué magnitud ha afectado el gas, papá? — dijo Ainara.

—Solo ha afectado al pueblo. Es aquí donde está el laboratorio. Por eso es más fácil que el gobierno lo mantenga oculto — dijo Lucas.

—¿Cuántos habitantes tiene el pueblo en total, papá? — dijo Ainara.

—El pueblo, empadronados, tenía sobre doscientas personas — dijo Lucas

—Papá, necesito tiempo para pensar. Por culpa vuestra ha fallecido más de la mitad del pueblo. No sé cómo podéis vivir tranquilos — dijo Ainara.

—Solo puedo pedir perdón, mil veces si es necesario — dijo Lucas.

—Papá, hagamos una cosa. Creo que es lo mejor en este caso. Si de verdad puedo confiar en ti, te ruego que lo hagas tal y como te digo — dijo Ainara.

—Si, por supuesto Ainara. Lo que tú me digas, para que puedas perdonarme de algún modo — respondió Lucas.

—El exterior ya es seguro, las puertas están abiertas. Haz lo posible por escapar, nos vemos en una semana en la casa del árbol. La que está en la calle de atrás de casa. ¿Podrás, o no vendrás? — dijo Ainara.

—Muchas gracias, Ainara. Te prometo hacer todo lo posible por estar en el sitio acordado en una semana al anochecer ¡Te quiero! — dijo Lucas.

Capítulo 13

La fuga

Ainara salió de la habitación. Les dijo a Thais, Lucia y Rubio que dejaran a Lucas solo. Pero no estaban de acuerdo. Rubio se ofreció a quedarse vigilando la puerta. Pero primero quería hablar con Ainara. Thais y Lucía aceptaron. Se marcharon a recoger sus pertenencias para así volver a su hogar. Ainara se quedó hablando con rubio. Se alejaron un poco de la puerta de la habitación.

Mientras tanto, Lucas salió para fugarse. Ainara había planeado el momento adecuado para que su padre pudiera escapar con tal mala suerte que Rubio le vio salir de la habitación y correr.

Ainara, le cubrió la boca a Rubio para que no pudiera advertir a nadie.

—Rubio, por favor, no llames a nadie, te lo ruego. Deja que se marche, ganaremos tiempo. Si me hace caso y le importo, volverá — dijo Ainara entre lloros.

Rubio, se limitó en dar un fuerte abrazo a Ainara. Consiguió así tranquilizarla y que supiera que estaba con ella. Ainara destapó la boca a Rubio. Sabía que no iba a gritar y que contaba con su apoyo.

—Está bien, tranquila. No sé qué estas tramando en tu cabeza. Pero seguro que lo has pensado bien antes de hacerlo, tranquila. Cuentas con todo mi apoyo, te entiendo — Dijo Rubio.

—Si puedo confiar en él, volverá en una semana. En el sitio que hemos acordado. Si no vuelve, entonces a ver si lo cogen. Será que no le importo nada. Han matado a más de medio pueblo, aunque por suerte el gas tóxico no se extendió más allá — dijo Ainara

—Sí, solo ha sido en el pueblo, les habrá resultado mucho más fácil ocultarlo ¿Pero porque solo en el pueblo? — dijo Rubio.

—El laboratorio lo tenían situado en el pueblo. La fuga solo afectó a esta zona. — explicó Ainara.

Después de todo lo ocurrido, el grupo decidió seguir pasando la noche unidos en el instituto. Thais y Tom también decidieron quedarse. Lucía regresó a su casa, al enterarse de que Lucas se había fugado. Se sentía impotente por no haberlo podido retener.

Al día siguiente amanecieron con las pilas cargadas. Por fin eran libres, podían entrar y salir cuando quisieran, sin preocupaciones. Ya sabían que era exactamente lo que había generado el caos en el colegio. El grupo de amigos no paraba de preguntarse, cómo se había originado la fuga de Lucas. Rubio y Ainara estaban allí vigilando la puerta.

Ainara lo tenía claro, quería confiar en que su padre regresaría por ella.

Dafne y Dani decidieron formalizar su relación. En el momento que podían entrar y salir libremente sin peligro de toxicidad.

Tom y Thais decidieron seguir en el colegio, para tener el control de todo lo que les decía Pam de cómo iba el caso. Quedaba muy poco tiempo para que se hiciera realmente justicia.

Recibieron un nuevo mensaje de Pam.

—Chicos, rápido, venid. Hay nuevos datos de Pam — alertó Thais.

—Os informo, el trámite ya está finalizando. Mañana se celebra el juicio y se dictará la sentencia — escribió Pam.

—Por fin van a pagar los culpables — comentó Zoe

—Ya era hora — dijo Fran.

—De algo sirvió, estar detrás de la ventana grabando. Tuvieron pruebas suficientes. Por fin se hará justicia — añadió Sam.

—Bueno chicos, calma. El Juez decidirá cuál es el castigo mañana. No nos precipitemos — advirtió Rubio

Rubio, noto a Ainara muy tensa. Se imaginaba que era por la idea de ver a su padre entre rejas. Le dio un fuerte achuchón para calmarla. Le preguntó si quería salir a tomar el aire. Hablar de algo o simplemente de nada, paseando.

Ainara asintió y salieron fuera. Por el camino se encontró con Dafne y Dani. Estaban tumbados, los dos juntos acurrucados, bastante acaramelados. Dafne se levantó rápidamente, al ver la cara de Ainara.

—Dani, enseguida vuelvo. Mi mejor amiga me necesita — dijo Dafne
Se dirigió hacia donde estaba Ainara. La cogió de la mano y le dio un gran abrazo. Se acercó y le habló al oído.

—Si necesitas cualquier cosa, me llamas y vengo volando. Te dejo en buenas manos. Tú puedes con esto y con más — la animó Dafne.

Ainara asintió y dio las gracias entre lloros. Luego siguió el camino con Rubio, a un lugar alejado del instituto, cogidos de la mano muy temblorosa.

Dafne volvió con Dani. Vio que Rubio tenía buenas intenciones, tranquilizando a su amiga. Prefirió dejarlos solos.

Al fin solos, Ainara se acostó hacia arriba mirando al cielo, sin mediar palabra. Mientras Rubio la abrazaba para tranquilizarla y apoyarla. Estuvieron en silencio, durante más de una hora. Solo se escuchaba el lloro cada vez más relajado de Ainara. Cuando Ainara se sentía más tranquila, comenzó a hablar con Rubio.

—Muchas gracias, por estar conmigo. Tengo pánico a lo que pueda sucederle a mi padre tras el juicio. Tampoco sé si cumplirá su palabra y volverá para reencontrarnos. No sé si realmente yo le importaré tanto. La situación me está superando — dijo Ainara

—Tranquila Ainara, te entiendo. Tendremos que dejar pasar el tiempo para saber lo que sucederá. Confiar en la palabra de tu padre hacia ti. Seguro que regresará — la animó Rubio.

Era una noche muy calurosa. Ainara no tenía ningunas ganas de regresar al interior. Dentro tenía más recuerdos y más dudas. Tampoco quería escuchar los comentarios de sus compañeros.

Rubio, decidió ir a buscar un par de esterillas y un par de mantas. Pasarían la noche fuera los dos, viendo las estrellas abrazados. La ayudaría a estar más tranquila, dentro de la situación que estaba pasando.

Capítulo 14

El juicio

Al amanecer, con el cantar de los pájaros, Ainara despertó apoyada en el brazo de Rubio. Por fin, había regresado la vida animal. Era la mejor señal, para saber que todo estaba bien. Rubio aún dormía. Había pasado toda la noche pendiente de Ainara.

Ainara, se quedó mirando a Rubio. Nunca había imaginado que, tras su imagen de chico golfo, se escondía una persona con tanta bondad. Solo pensaba que esta situación les había unido bastante. Rubio le estaba gustando mucho más.

Rubio despertó, abrió los ojos sin moverse de posición. No quería molestar a Ainara, porque pensaba que aún dormía. Ainara se dio cuenta. Rubio ya había despertado, se giraron para verse las caras. Ainara no pudo retenerse más, le dio un beso en la boca a Rubio. Rubio le recibió con ganas y la abrazo fuertemente para darle ánimos. Había llegado el día del juicio.

—Gracias por todo Rubio. Eres único — dijo Ainara.

—El beso lo repetiremos después del juicio. ¿De acuerdo? — dijo Rubio.

Los dos empezaron a reírse. Rubio había conseguido hacer reír a Ainara. Pero ella no esperó a después del juicio y le dio un beso, y otro y otro…

Rubio decidió ir a buscar comida para desayunar los dos en el exterior. No quería que Ainara se relacionara con el grupo, para evitar algunos comentarios sobre el juicio, delante de ella.

Al llegar a la cocina estaba todo el grupo reunido.

—¿Cómo está Ainara? ¿Cómo ha pasado la noche? — dijo Dafne preocupada.

—Ahora está bastante relajada. Prefiero evitar que venga, hasta que no finalice el juicio. Así evitar algunos comentarios delante de ella — respondió Rubio.

—Lo veo bien. Cuando el juicio haya finalizado, os aviso. Gracias por cuidarla Rubio — dijo Dafne.

Tom, Thais y Sam tuvieron que asistir al juicio. Por suerte lo realizaron en la ciudad donde vivían Tom, Alice y Thais, a cien kilómetros del pueblo y no en el extranjero. Alice, Fran y Zoe no se despegaban del sistema de comunicación que había instalado en la habitación oculta de la biblioteca. Estaban desesperados por tener noticias y la resolución del caso. Pasaban las horas, sin información ninguna. Se fueron a comer haciendo turnos, para no dejar la comunicación sin nadie presente.

Al finalizar la comida, recibieron una llamada.

—Hola chicos ¿Todo bien por allí? Os paso con Thais, os lo explicará mejor — dijo Tom.

—Hola. ¿Está Ainara por ahí? — preguntó Thais.

—No, no está. Está fuera con Rubio. ¿Los vamos a buscar? — preguntó Fran.

—No, no vayáis. Mejor si no está presente — le respondió Tom

—El juicio ha salido como esperábamos. Los fallecidos los encontraron y están avisando a las familias. Los están enterrando dignamente. Absolutamente todos, van a pagar mínimo treinta años de cárcel por lo que han hecho — dijo Thais.

—Respecto a mí. Por haber participado en el incidente y no haber tomado medidas antes, aunque me bajan la condena al haber ayudado a resolverlo, me condenan a dos años de cárcel. También otros cinco años más de trabajos sociales. Os ruego que cuidéis a Alice — dijo Tom.

—Pero, papá. ¿Con quién voy a estar yo, dos años sin ti? — dijo Alice.

—Alice, son dos años, que seguramente después, por buena conducta, pueden quedar en seis meses. Te puedes venir a vivir conmigo, si te parece bien. Nos mudamos al pueblo a la casa del bunker, así estas más cerca de tus amigos y tu familia — dijo Thais.

—Me parece estupendo. Sobre todo, lo que has dicho de los seis meses. Gracias Thais — dijo Alice.

—Ahora, tenéis que informar a Ainara. Dafne, creo que tú eres la persona adecuada para contárselo. Por favor, os pido que tengáis tacto con ella y la apoyéis todos. Está pasando por un momento bastante complicado para ella — dijo Tom.

—Cuenta por ello Tom. No está sola — respondió Dafne.

Dafne pidió a sus amigos que la dejaran ir sola a contárselo a Ainara y les dijo que cualquier cosa les avisaría. Todos asintieron y dejaron a Dafne ir sola. Al llegar al lugar donde estaban los dos, les vio dándose un beso.

—¡Enhorabuena! Me alegra veros al fin juntos. Hacéis una bonita pareja — dijo Dafne.

Los chicos se echaron a reír. Pero sabían que si había venido Dafne era porque el juicio había finalizado. Y seguramente no serían buenas noticias para Ainara.

—Voy a ir directa al tema. ¿Te parece bien Ainara? — dijo Dafne.

—Sí, por favor, sin rodeos — le replicó Ainara.

—Bueno, han localizado a los fallecidos y están avisando a las familias para enterrarlos dignamente. Tu tío Tom, ha sido condenado a dos años de cárcel y cinco de trabajos sociales. Al haber ayudado a resolver el caso le han bajado la pena. Todos los demás responsables pagarán con treinta años de cárcel — explicó Dafne.

Los dos se quedaron en un rotundo silencio. A Ainara no le salían las palabras por mucho que quisiera. Rubio y Dafne se quedaron mirándose, sin saber exactamente qué hacer.

—Tranquila Dafne, ve con el grupo Y ya me quedo yo con Ainara, para lo que necesite. Si hay alguna novedad más, me informas — Dijo Rubio.

Dafne no lo veía claro. Dejar a su mejor amiga, en un momento así. Pero Ainara, sin medir palabra, asintió con la cabeza para que se marchara. No quería hablar con nadie, solo pensar y asimilar la situación.

Una vez solos, Ainara fue a sentarse enfrente, debajo de un árbol. Al dirigirse hacia allí, Rubio se iba a disponer a acompañarla en silencio. Ainara quería estar completamente sola, le negó que la acompañara con la cabeza.

—Está bien, lo entiendo. Si no te molesta, me quedaré aquí por si me necesitas.

Solo tienes que hacerme una señal y vendré de inmediato. — dijo Rubio.

—Gracias — contestó Ainara con apenas voz.

Estaba anocheciendo, Dafne fue a ver cómo estaba su amiga. Le llevaba mantas. Esa noche refrescó un poco más. Al encontrarse con la situación fue directamente a hablar con Rubio.

—Rubio, ¿Cómo está? — dijo Dafne.

—Pues la veo tranquila, pero quiere estar sola. Le he dicho que me quedaba aquí, por si me necesita, dejándole su espacio — dijo Rubio.

72 —Vale, estará intentando entender la situación. Su padre es uno de

los responsables que están buscando. Es normal que esté así, la entiendo ¿Quieres que me quede yo? — dijo Dafne.

—No tranquila, no sería capaz de estar dentro con todos, pensando que ella está aquí fuera. Tiene que pasar mil cosas por su cabeza ahora mismo — dijo Rubio.

Dafne regresó al interior. Si uno no podía hacer nada por apoyarla en ese momento, dos, menos. Todos se fueron a descansar. Todos menos Ainara y Rubio.

A las tres horas, Rubio se dio cuenta. Ainara se había quedado dormida, al lado del árbol. Se acercó a taparla suavemente para que no cogiera frío. Con la intención de seguir vigilando desde la lejanía.

En ese momento, Ainara abrió los ojos medio dormida. Vio a Rubio cubriéndola con la manta. Le sujetó el brazo para retenerlo.

—Quédate conmigo mientras duermo. No te vayas. — dijo Ainara.

Rubio no dudó, fue a buscar el resto de mantas. Se acostó junto a ella abrazándola y acariciando su cabeza mientras Ainara descansaba. Hasta que el sueño le pudo y los dos se quedaron dormidos.

Capítulo 15

El reencuentro

Pasaron los días. Ainara seguía relacionándose lo justo, hasta que llegó el día del reencuentro. Ese día ya se empezó a relacionar con el resto del grupo un poco más. Estaba bastante nerviosa.

—Hoy es el día, ¿Verdad? — dijo Rubio

—Sí, hoy al anochecer. Sabré si puedo confiar en la palabra de mi padre a pesar de lo que ha hecho —dijo Ainara.

—Esperemos que sí, de verdad te lo digo. Se puede traicionar a un pueblo, pero a una hija nunca — dijo Rubio.

—Espero que así sea. Si no, me llevaré la más grande decepción con él. Nunca más querría estar en su vida — dijo Ainara.

El día transcurrió con normalidad, Todos los amigos estaban muy sorprendidos del cambio de Ainara. Nadie más que Rubio sabía el plan del reencuentro con Lucas. Estaba a punto de anochecer. Ainara se arregló, no quería que su padre la viera con las pintas que llevaba los últimos días. Justo cuando se iba a marchar, Rubio la detuvo.

—Ainara déjame acompañarte por favor. Aunque sea de lejos, sin que me vea. No quiero dejarte sola. Esta noche, no — le pidió Rubio.

—Está bien, acompáñame. Pero como tú dices, de lejos. Quiero estar completamente sola con mi padre — respondió Ainara.

Se marcharon los dos juntos. Sus amigos la veían más animada. No se sorprendieron del paseo nocturno, entre los dos.

Casi al llegar a la casa del árbol, Ainara se detuvo repentinamente, delante de su casa.

—Rubio, hasta aquí me puedes acompañar. Ahora te toca esconderte, que no te vea. Ve a mi casa, en ella está mi madre. Invéntate algo para poder acceder a mi habitación, quédate allí. Desde mi ventana, verás una casa arriba de un árbol. Justo allí, es nuestro lugar de encuentro — le contó Ainara.

—Eso está hecho. No te preocupes, me las ingeniaré. Si me necesitas me avisas, no perderé de vista el lugar — le contestó Rubio.

Se despidieron con un beso, como si fuera una eternidad lo que pasaría, hasta que se volvieran a ver.

Rubio consiguió acceder a la habitación. Se inventó que se había peleado con los chicos y se marchó del instituto. Que Ainara le dijo que fuera allí, a pasar la noche así no estaría solo. Lucía se lo creyó y le dejó pasar.

Ainara se fue directamente a la casa del árbol. Esperaba encontrarse con su padre allí, pero cuando llegó, él aún no estaba allí. Ni rastro de Lucas. Pasaban las horas y Lucas seguía sin aparecer. Ainara de vez en cuando iba mirando hacia la ventana de su habitación, ahí estaba Rubio siempre observando hacia el árbol. Ya faltaba poco para el amanecer y Lucas no había llegado. Ainara seguía en el árbol, confiando que aparecería en cualquier momento. Tenía que haber algún motivo importante para no haber llegado aún. Cuando de repente se escuchó a alguien subir por el árbol.

—Hola Ainara, al fin he conseguido llegar. Siento el retraso. Están buscándome por todas partes. Pensaba que ya no estarías — dijo Lucas.

—¡Hola papá! La mayor parte de mi sabía que vendrías — dijo Ainara.

—Ha sido difícil llegar. Me buscan hasta por debajo de las piedras. Estoy pensando sinceramente en entregarme. No me gusta sentirme en busca y captura — dijo Lucas.

—Pues sí, al igual sería lo mejor, que te entregues. Pero son treinta años papá, eso es demasiado. No quiero … — dijo Ainara.

—Tranquila Ainara. Eso es poco para todo lo que he ocasionado. Sinceramente me merezco eso y más — le confesó Lucas.

Ainara, se quedó un rato pensativa. Mientras, Lucas le explicaba que en estos días no había estado en ningún lugar fijo para no ser encontrado.

—Papá, tienes que huir, es la mejor manera de ser libre. Planear la manera de que puedas salir del país sin ser descubierto y marcharte. Así no perderemos el contacto y sabré que estás bien — le pidió Ainara.

—Está bien Ainara, lo haré como tú dices. Me pondré en contacto con amigos para que me ayuden a escapar, contactaré contigo después. Ahora tengo que marcharme. Te quiero y perdóname. Todo lo hago por ti — le dijo Lucas.

Ainara se bajó del árbol, cuando su padre se marchó. Fue directamente a su habitación con Rubio. Su madre en ese momento ya no estaba se había ido a trabajar. Le contó lo sucedido a Rubio y volvieron al instituto.

Al llegar al centro educativo, llegaron malas noticias. Habían localizado a Dani para informarle de que habían encontrado seguramente los cuerpos de sus padres.

De los padres de Dafne y de Rubio aún no se sabía nada. Por una parte, era una buena señal.

—Lo siento mucho, chicos. Perdón en nombre de mi familia. Esto no tenía que haber sucedido. Tenían que haberlo evitado y no ocultarlo — dijo Ainara.

—Tú no tienes que pedir perdón. Tú no eres responsable. Por lo menos podrán descansar en paz — Dijo Dani.

Ainara y Rubio abandonaron el grupo. Fueron a descansar, no habían dormido nada en toda la noche. Al día siguiente Dafne decidió ir a su casa con los chicos para ver si encontraba alguna pista de sus padres.

—¡Chicos! Hay alguien dentro — dijo Fran

—¿Ah sí?... ¡Tranquilos son mis padres y mi hermana! — dijo Dafne.

Los padres y la hermana de Dafne habían regresado. También estaban buscando a Dafne, pero no la localizaban. Ese encuentro inesperado les daba tranquilidad. ¡estaban todos bien!

Dafne les comento que había comenzado una relación seria con Dani. También la situación de los padres fallecidos. Le ofrecieron quedarse a vivir con ellos, hasta normalizar su situación. Dani aceptó sin dudarlo.

Pensó en buscar algún empleo, a parte de los estudios. De esa manera, podría proporcionar algo de dinero a la familia que le acogía. Decidieron quedarse en la casa para organizarse y estar con los padres de Dafne.

Fran y Zoe volvieron con sus familias cada uno a su casa. Habían tenido mucha suerte: sus familias estaban perfectamente.

Sam también volvió a casa. Tenían que volver a la normalidad y el instituto tenía que seguir dando educación a los jóvenes y niños.

Rubio estaba intranquilo, seguía sin saber absolutamente nada de sus padres. Ainara decidió recorrer todo el pueblo junto a Rubio, preguntando y buscando. Llamaron a la morgue para asegurarse que los cuerpos no estaban allí.

—Por fin, una buena noticia. Han entregado todos los cuerpos a sus familiares, no queda ninguno sin entregar. Por lo tanto, no han fallecido — dijo Ainara.

—Por fin algo positivo. Pero seguimos sin saber dónde están — dijo

Rubio.

En ese momento salió en todos los medios de comunicación que se había entregado Lucas. Uno de los mayores responsables del suceso, en busca y captura. Se había entregado voluntariamente.

—Pero ¿Cómo? Si se iba a hablar con unos amigos y le iban a ayudar y se iba a ir. ¿Por qué? ¿Por qué lo ha hecho? — preguntó Ainara.

—Seguramente pensó que sería lo mejor — respondió Rubio.

—Mejor no sé para quién. Para mí no. Eso no tenía que ocurrir — dijo Ainara.

—Ainara. El día que quedasteis en el árbol. Justo antes de ir a hablar contigo, vino a verme. Me buscó, al verme en tu ventana, cuidándote. Me hizo prometer que no te lo diría, que, si llegaba este momento, te diera esta carta — le explicó Rubio.

En ese instante, Rubio metió la mano en su bolsillo, sacó la carta de Lucas y se la dio a Ainara. Abrió la carta y efectivamente era la letra de su padre.

Hija, perdón por todo. De verdad. Eres un gran ejemplo a seguir, seguramente me dirás que me fugué que es la mejor opción. Pero no puedo seguir viviendo tranquilo, sin pagar por todo lo que hice. Por lo tanto, lo correcto es que me entregué. Espero que me entiendas y me apoyes. Quiero hacer algo bien, sin tenerme que arrepentir. Ni defraudarte más. Tu eres lo más importante, lo que me está haciendo cambiar y darme cuenta de mis actos…Respecto a Rubio, me gusta para ti.

Se le ve muy buen chico, siempre he sabido que te gustaba. Me alegro que estéis juntos. A sus padres les advertí y seguramente seguirán ajenos a lo que ha sucedido encerrados en la cueva de la catarata. Era el lugar más seguro que se me ocurrió.

Ante todo, espero y deseo que me perdones. Siempre estaré para ti aún desde la cárcel. Espero que me vengas a visitar y no perdamos el contacto.

Te quiero

Lucas

Ainara abrazó fuertemente la carta y se la guardó bien guardada. Estaba muy sorprendida. Pero sabía que su padre había hecho lo correcto.

—Gracias Rubio por la carta. Tranquilo, no pasa nada. Tenemos que volver rápido a la catarata. Te lo explico por el camino — dijo Ainara.

—Sí, vamos donde tú digas — dijo Rubio.

Se dirigieron al instituto rápidamente y accedieron a la parte inferior. Alice los vió llegar y se unió a ellos. Mientras Ainara iba delante del todo iba explicando lo que su padre puso en la carta.

—Tus padres, posiblemente, están en la zona de la catarata. Tenemos que llegar lo antes posible para asegurarnos — dijo Ainara.

—Pero ¿Cómo sabes eso? — dijo Rubio mientras aceleraba el paso.

—Sígueme. Cuando los encontremos te contaré con más detalle. No hay tiempo que perder — dijo Ainara.

Hicieron el recorrido el triple de rápido que la otra vez. Ainara solo quería asegurarse de que fuera cierto y estuvieran bien. Al llegar a la catarata, recordaron que ya la habían investigado y que no encontraron nada. Entonces recordaron que la zona próxima al agua no la miraron con detalle.

—Chicos, hay que mirar bien la zona próxima a la catarata. Con mucha precaución, puede ser muy peligroso — dijo Ainara.

—Está bien, yo voy delante — dijo Rubio.

Hasta que al fin encontraron una cueva pequeña interior, con ropa tendida fuera.

—¡Es la ropa de mis padres! Tienen que estar aquí — dijo Rubio.

—Vamos a acceder, a ver si siguen aquí y están bien — dijo Ainara.

—De acuerdo, voy atrás. — dijo Alice.

Los tres chicos accedieron dentro. Solo se escuchaba el ruido del agua al romper abajo en el río. Era un ruido bastante fuerte. Empezaron a buscar en esa cueva pequeña. ¡Hasta que por fin los encontraron!

Estaban acostados en el suelo hinchados y algo morados, pero vivos.

—Pero ¿Qué ha pasado? ¿Mamá, Papá? — dijo Rubio.

—Nos ha picado una araña. Seguramente será el veneno — dijeron los padres de Rubio.

—Alice corre, avisa a Thais. No podemos perder más tiempo — dijo Ainara.

Mientras Alice contactó con Thais, le dijo que viniera rápidamente. Por suerte estaba en la casa del búnker, ya había llegado de la ciudad. Tardaría muy poco en poder ayudarles.

78 —¡Qué ha pasado! Eso es veneno, por suerte Alice me comentó algo

de una araña. Traigo todo lo necesario para eliminar el veneno ¿Quiénes son? — dijo Thais.

—Son mis padres, los hemos encontrado gracias a Lucas. Una larga historia que explicar — dijo Rubio.

—Bueno no pasa nada, ya me la contaréis. Ayudadme a levantarles, bajaremos por aquí al lado. Es más fácil volver por la casa del búnker. Iremos en barca y allí acabaré de tratarlos. Sobre todo, intentad no apoyar la pierna —dijo Thais.

—En marcha — dijeron a la vez.

Llegaron a la casa del bunker lo antes posible. Thais les acabó de tratar y les hizo reposar un rato con las piernas en alto. Así mejoraría la circulación sanguínea de la zona.

—Bueno en un par de horas ya podéis volver a casa. Os llevaré con el coche y luego tenéis que hacer unos días de reposo los dos— les indicó Thais.

—Muchas gracias, Thais — dijeron Rubio y Ainara.

Una vez llegaron, Ainara decidió quedarse en casa de Rubio unos días, por si sus padres necesitaban algo. Para poder echar una mano y ayudarles.

—Muchas gracias Ainara, te quiero — le manifestó Rubio.

Ainara se sonrojó, pero le respondió con un beso. Le parecía increíble. Lo que ella llevaba tanto tiempo soñando se cumplía. Un te quiero de Rubio.

Los padres de Rubio los vieron besarse.

—Chicos, me alegro que estéis juntos — dijo la Madre.

—Tu padre hizo todo lo que hizo por lo que vimos en casa de Thais. Pero también es un buen hombre. Nos ayudó sin conocernos, diciéndonos que fuéramos a ese punto a escondernos. Nos ayudó otra vez ahora, cuando hizo que vinierais a por nosotros — le explicó el Padre.

—Por supuesto. Lucas pudo haber hecho lo que ha hecho, pero con mi familia se ha portado de maravilla — dijo Rubio.

Ainara estaba muy agradecida con Rubio y su familia. Esos comentarios positivos hacia su padre no le hacían perder la esperanza de reducción de la pena por conducta. Quería seguir manteniendo el contacto con él aun desde la cárcel.

—Gracias. Supongo que fue porque sabía que me gustaba Rubio y se aseguró que fuera un buen partido para mí, según la carta que me ha hecho llegar — dijo Ainara.

—Sí, no lo dudo. Todos los padres quieren lo mejor para sus hijos. Y sobre todo harían lo que fuera por ellos — dijo la madre.

Y colorín colorado está historia se ha acabado.
No, tampoco finaliza con el final clásico de una rana convertida en príncipe.
Como dije al principio esta historia es diferente y es solo la primera de la trilogía de Ainara.
Espero que hayáis disfrutado con la lectura de mi primer libro.

Fin